おもしろくて、ありがたい

池波正太郎

PHP
文芸文庫

○本表紙デザイン＋ロゴ＝川上成夫

おもしろくて、ありがたい ＊ 目次

第三章　男の生き方

第四章　リーダーの条件

第七章　歴史のドラマに学ぶ

第八章　男と女の勘ちがい

扉画……池波正太郎

編纂&編集協力……㈱元気工房

第一章◉人間という生きもの

ひとは必ず死ぬものだから

人間は、生まれ出た瞬間から、死へ向って歩みはじめる。
死ぬために、生きはじめる。
そして、生きるために食べなくてはならない。
何という矛盾だろう。
これほどの矛盾は、他にあるまい。
つまり、人間という生きものは、矛盾の象徴といってよい。

『日曜日の万年筆』

＊

「人間《ひと》は、かならず死ぬものじゃ。死ぬる日に向かって生きているのじゃ」
人間という生きものは、他の動物と同じように、それだけがはっきりとわかっている。

「その他のことは、何一つ、わからぬものよ」


『真田太平記　十二』

＊

睡眠は一種の〔仮死〕といってよいだろう。

人びとは、毎夜に死んで、翌朝に生き返る。

生きるためには前夜の死が必要というわけだ。何とおもしろいではないか。

そして、生きものの営みとは、何と矛盾をふくんでいることだろう。

生きるために食べ、眠り、食べつつ生きて、確実に、これは本当の死を迎える日へ近づいてゆく。

おもしろくて、はかないことではある。

それでいて人間の躰《からだ》は、たとえ一椀の味噌汁を味わっただけで、生き甲斐をおぼえるようにできている。

何と、ありがたいことだろう。

ありがたくて、また、はかないことだ。


『私の仕事』

＊

「人間、何をして生きてきても寿命は寿命よ。ま、人は生まれて何よりもはっきりと先に見えているものは、いつか我身が死ぬるということだけだ。こんな簡単なことがわかっているようでいてわからない。だがな(青山)熊之助、こいつが、しっかとのみこめれば、おのが生きて行く術《すべ》にあやまちはないものだよ」

『剣客群像』

動物としての人間

人間は動物だからねえ。それを忘れちゃうから、どうも方々で間違いが起きてくるんだな。頭脳が比較的発達してるから高等動物になっているけど、肉体の諸器官というものは四つ足のときと変わらないんだよ。それを高等な生きものだと思い込んでしまって、そうした社会をつくろうとしていくと、非常に間違いが起きてくるんだよ。

『男の作法』

＊

人間は生きものだ。生きものであるかぎり、自由の幻想はゆるされない。自由とは、不自由があってこそ成立するものなのだ。

野生の動物たちの生態を見れば、おのずから、それを知ることができよう。

彼らは、研ぎ澄まされた本能と感覚によって、自分たちの世界と子孫の存続をはかるため、きびしい掟《おきて》をまもりぬいている。

その上で、草原を走る自由が得られることを、よくわきまえているのだ。

『日曜日の万年筆』

＊

性慾は食慾同様に、人間にとって欠くべからざる生活の原動力であり、愉楽《ゆらく》である。

この二つを軽蔑《けいべつ》するものは人間の屑《くず》である。

動物的に、この味覚をむさぼり、味覚には鈍感で、ただもう空腹をみたせばよいというものも、また人間の屑なのだ。

『人斬り半次郎／幕末編』

＊

俗にいう〔夜這い〕という言葉——男が女の寝所へ忍び込み、思いをとげる（むろん、女にきらわれて目的を果せぬ場合もあるが）ことをあらわしたものだが、うまい表現の仕方だ。

夜の闇の中を、ひそかにはいよりながら、好奇と期待に五体をおののかせつつ、女の部屋に近づいて行く男の姿が、この〔夜這い〕の一語にほうふつとしてくる。

この言葉には、少しも暗い影が、ただよってはいない。

むしろ、この言葉はユーモラスなひびきをもち、そして一歩を間違えば泥まみれになってしまう人間の本能を見事に明るいものにすくいあげている。

そこには、犯罪や打算や非行のかげりが、まったく無いといってよい。

人間の性慾というむずかしい問題を処理するための、むかしの人々の賢明な考え方が、この言葉にはひそんでいるように思われる。『人斬り半次郎／幕末編』

＊

戦国時代と現代《いま》と比べて、それは確かに世の中は文化的になった。文明が発達して。しかし、どういう世の中になっても、人間の生業《なりわい》というものは変わらない。食べて、繁殖して、それで眠らなければいけない。女性と男性のまじわり、セックスというものがなければ成り立たないわけでしょう。それによって人間の動物的生活というものが充足されて行くわけです。セックスがなかったら人間なんてないんだし、それがすべての根本なんですから。それが根本にあって、その上にすべての文化があり文明があり、政治機構がある。それなのに、その根本を忘れちゃってる、いまは。だから人間がハアハアいって苦しむんですよ。その結果はろくなことにならない。あまり人間を素晴らしい高級な存在だと思っていると大変な間違いになってくる。動物なんだから、人間も。

『男の系譜』

人間は奇妙で不思議

（つまりは、人間《ひと》というもの、生きて行くにもっとも大事のことは……たとえば、今朝の飯のうまさはどうだったとか、今日はひとつ、なんとか暇を見つけて、半刻か一刻を、ぶらりとおのれの好きな場所へ出かけ、好きな食物《もの》でも食べ、ぼんやりと酒など酌みながら……さて、今日の夕餉《ゆうげ》には何を食おうかなどと、そのようなことを考え、夜は一合の寝酒をのんびりとのみ、疲れた躰《からだ》を床に伸ばして、無心にねむりこける。このことにつきるな）　『鬼平犯科帳　七』

＊

「人はな、（榎）平八郎」

「は……？」

「人というものは、物を食べ、眠り、かぐわしくもやわらかな女体を抱き、そして子をもうけ、親となる……つまり、そうしたことが渋滞なく享受出来得れば、もうそれでよいのじゃ。しかし、それがなかなかにむずかしい。むずかしいがゆえに世の騒ぎが絶えぬ」

「…………」

「何じゃ。物足りぬ顔つきじゃな。ま、よろしい。若いころは何事につけても物足りぬものよ」

『さむらい劇場』

＊

「さいわいに人という生きものは、日常の暮らしにおいて、すべてを忘れる術を心得ている。女を抱くときもさよう。空腹をみたすために汁を食べ、めしを食べているときもさよう。一日の仕事に疲れきって、ねむりをむさぼるときもさよう。世に生くる苦しさつらさを忘れることができるのみか、おのれが死の道をせっせと歩いていることも忘れ果ててしまう」

「ははあ……」

「なればこそ、人は生きておられるのだな」

「生きておりますことは、たのしいことでございますな」

「さよう。たのしい、うれしいというこころもちを死に急ぐ人びとが感ずることもふしぎじゃ。なればこそ、おれはな、その日その日を相なるべくはたのしゅう送りたい。一椀の汁、一椀の飯も、こころうれしゅう食べて行きたい」

『おれの足音　下』

*

よくよく考えてみると、世に生まれ出たことが、

「厄災そのものですよ」

といった知人がいるけれども、

「そんなことはありますまい」

反駁《はんばく》はできないおもいがする。

だが、人間はうまくつくられている。

生死の矛盾を意識すると共に、生き甲斐をも意識する……というよりも、これは本能的に躰《からだ》で感じることができるようにつくられている。

たとえ、一椀の熱い味噌汁を口にしたとき、

(うまい！)

と、感じるだけで、生き甲斐をおぼえることもある。

愛する人を得ることもそうだし、わが子を育てることもそうだろう。

だから生き甲斐が絶えぬ人ほど、死を忘れることにもなる。

しかし、その生き甲斐も、死にむすびついているのだ。


『日曜日の万年筆』

＊

「人間というやつ、遊びながらはたらく生きものさ。善事をおこないつつ、知らぬうちに悪事をやってのける。悪事をはたらきつつ、知らず識《し》らず善事をたのしむ。これが人間だわさ」

『鬼平犯科帳　二』

＊

人を騙《だま》したり、悪事をはたらこうとする者が、いかにも、悪賢そうな顔つきや態度をあからさまに見せていたのでは、

（この男は悪者だ……）

と、すぐに看破されてしまう。

それでは相手に警戒をされて、騙《だま》すことも悪事をはたらくことも不可能では

ないか。

真の悪漢は、その悪の本体を決して見せぬものだ。それでなくては、人を偽ることもできぬ。

『真田太平記　六』

＊

「人というものは、はじめから悪の道を知っているわけではない。何かの拍子で、小さな悪事を起してしまい、それを世間の目にふれさせぬため、また、つぎの悪事をする。そして、これを隠そうとして、さらに大きな悪の道へ踏み込んで行くものなのだ」

『鬼平犯科帳　十三』

＊

「人は、おのれの変わり様に気づかぬものよ。なれど、余人の変化は見のがさぬ」

『真田太平記　十』

＊

人間という生きものには、なまじ、人の心を忖度《そんたく》する能力をそなえているが

ために、また、その能力を過信するあまりに、
「おもわぬ結果を迎えて、意外なおもいをする……」
ことが多いのである。

『真田太平記　五』

*

話が落ちるが、西郷（隆盛）は、人間の肉体の露出すべき個所《かしょ》と、隠しておくべき個所の区別なぞということを念頭におかなかった。

明治政府の顕官となってからも、宮中において、明治天皇から、

「西郷。ズボンのボタンがはずれておるぞ」

なんども注意をうけた。

一つや二つのボタンではない。全部かけ忘れていて、その中から雄大な一物《いちもつ》の一部がはみ出しているという徹底したものである。

この天真爛漫ともいうべき彼の性格と、倒幕運動に活躍をつづけていたころの彼のすさまじい謀略だの、微妙な神経を内蔵させた腹芸の大きさだのとは、まるでうらはらなものだ。そのうらはらさが、彼の人間性でもあり、すべての人間がもつ〔人間性〕というものである。

『霧に消えた影』

＊

わが家で鯛を食べるときには、刺身を生醬油《きじようゆ》で、何の薬味もあしらわずにあたたかい飯で食べる。このとき、濃くいれた熱い煎茶を吸物がわりにする。それが好きである。

鯛を食べるときだけは、美しくも堂々たるこの魚の姿を想いおこし、一抹《いちまつ》の哀愁をおぼえつつ箸をとる。

人間なんて、むごいものですな。

『小説の散歩みち』

一回かぎりの人生

「人という生きものはね、良し悪しは別にしても、どうしたって、むかしのことを背負って生きて行かなくてはならないのですぜ」

『闇の狩人　下』

＊

むかし、だれかが、

「シークレットのない人生は、人生ではないんだよ」

と、いったっけ。

『新　私の歳月』

＊

「死ぬつもりか、それはいけない。どうしても死にたいのなら、一年後《のち》にしてごらん。一年も経《た》てば、すべてが変ってくる。人間にとって時のながれほど強い味方はないものだ」

『鬼平犯科帳　二』

＊

千差万別な幸と不幸の両面が、反復しつつ人生をいろどっていることは、むかしも今も変りのないことだ。

『黒幕』

＊

いかに充実した一日を送ろうとも、その時間の速さには、あらためて瞠目《どうもく》せざるを得ない。

疲れ切っているときは、すぐに眠ってしまうけれども、たいていは、自分の人生に残された、わずかな歳月のことが脳裡に浮んできて、

（人間の一生なんて、はかないものだな……）

と、平凡なことを飽くことなく想う。

『日曜日の万年筆』

＊

ぼくは、甘い期待はしないで、つねに、

「最悪の場合を想定しながら、やる……」

という主義なんだ。小説ばかりでなく、昔からそうなんだ。性格でしょうね。それと一つには戦争を体験してきたからですよ。自分の国が思いもかけないようなふうになってしまって、人間の予測というものが絶対当てにならないということ。いいか悪いかということは別で、ただ、ぼくの場合はそういうようになっちゃった。


『男の作法』

＊

現実の進行は、すべての予想を裏切る。

これも、六十余年を生きてきて、はっきりとわかった。

予想なんていうものは、当ったためしがない。


『池波正太郎の春夏秋冬』

＊

いかに傑出した人物でも、なかなかに、

「自分のことは、自分で予測がつかぬ……」

ものなのである。

信長や秀吉の晩年も、そのとおりであった。

『真田太平記　六』

＊

人生の苦難に直面した男が求めるものは、酒と女にきまっている。この二つは、それほど男にとって貴重なものなのだ。

『黒幕』

＊

（人の一生などというものは、高が知れたものだ）

また、権勢や、それにともなう栄光も、長い目でながめれば、

（さしたることでもない……）

『真田太平記　十』

＊

「余念なく家業に精を出し、たとえ貧しくとも三度の御飯がいただけ、女房や子どもたちをいつくしむ……ま、人間の一生、人間の世の中というものを、どこまでもつきつめて行くと、たったこれだけのことなのですね。ところが、なかなか、これだけのことがうまくはこんで行かない」

『その男　二』

＊

「人の墓も三代を経れば無縁と相なるが世の常でござる。まして、わが名、わが家名など世に残そうとはおもいませぬ」

『真田太平記　十二』

浮世の仕組み

人の世は、何処《どこ》まで行っても合理を見つけ出すことが不可能なのだ。

合理は存在していても、人間という生物が、

「不合理に出来ている……」

のだから、どうしようもないのだ。

人間の肉体は、まことに合理を得ているのだが、そこへ感情というものが加わるため、矛盾が絶えぬのである。


『真田太平記　七』

＊

人間と、それを取り巻く社会の仕組みのいっさいが不条理の反復、交錯であることを、（長谷川）平蔵はしっかりとわきまえていた。

「おれの仕様《しよう》がいかぬとあれば、どうなとしたらよい。お上が、おれのするこ

とを失敗と断じて腹を切れというなら、いつでも切ろう。世の中の仕組みが、いまおれに荒っぽい仕業《しわざ》をさせぬようになれば、いつでも引き下ろう。だが、いまのところ、一の悪のために十の善がほろびることは見のがせぬ。むかしのおれがことをいいたてるというのか……あは、はは……ばかも休み休みいえ。悪を知らぬものが悪を取りしまれるか」

『鬼平犯科帳 二』

*

「子供は大丈夫だ。女房に気をつけて看病しろ。何かあったら、すぐ知らせに来い」

と、いい置き、(藤枝)梅安は、ひとまず我家へ帰った。空が白みかけている。

茶わん酒を二杯のんで、梅安は寝床へもぐりこみ、たちまちにねむりこんだ。

深いねむりへ落ちこみつつ、

(一夜のうちに、この手で一人を殺し、一人の新しいいのちを助けた……)

そんなことをちらりとおもったが、あとは、もう、おぼえていなかった。

自分《おのれ》の所業の矛盾は、理屈では解決できぬものだ。

世の中の矛盾も同様である。

これを、むりにも理屈で解決しようとすれば、かならず、矛盾が勝ってしまうのである。


『梅安蟻地獄』

＊

「ちかごろ、市中見廻りに出ていると、一目で悪者どもの顔がわかるようになった。なれど、それをいちいち捕えてしまっては、これはもう数限りのないことじゃ。江戸の御牢内には入りきれまい。ま、一口に盗賊と申しても、困窮の揚句に切羽つまって盗みをはたらく輩《やから》をすべて御縄にかけていては、いまの時世から申して、それこそ捕えきれまい。

のう、小沼(治作)。善のみの人間なぞ、この世に在るはずもない。わしとて同様じゃ。悪と善が支え合い、ともかくも釣り合いがとれておれば、先ずよしとせねばならぬが今の世の中じゃ。なれど、これは、そのほうのみに申すことよ。他人へ洩らしてはなるまいぞ」


『おとこの秘図　下』

＊

「なあ、(岸井)左馬之助。これが、浮世の仕組みというものなのだよ」

「浮世の仕組み、ね……」

「人が何か仕出かすことは、必ず、何らかの結果をまねくことなのだ。当り前のことだがね」

「ははあ……」

「その当り前のことを、人という生きものは、なかなかに、のみこめぬものなのさ、このおれもそうだが……」

いいさして平蔵は、さも、うまそうに煙草のけむりを吐き出し、

「のみこめていりゃあ、人の世の苦労もねえわけだが……」

わざと伝法な口調で、こう、つけ足した。

「そのかわり、つまらねえ世の中になってしまうだろうよ」


『鬼平犯科帳　十四』

＊

「人というものは、この世の中に生きている以上、それ相応の責任《せめ》を負わなくてはならぬ」

と、いうことなのだ。

最小限の責任だけは果さぬと、周囲の人びとへ迷惑をおよぼし、不幸をあたえることになってしまう。人の世は、そのようにできている。

『まんぞく まんぞく』

＊

すべてがわかったようなつもりでいても、双方のおもいちがいは間々あることで、大形《おおぎょう》にいうならば、人の世の大半は、人びとの〔勘ちがい〕によって成り立っているといってもよいほどなのだ。

『真田太平記 五』

＊

「はいはい、さようで。勝てば官軍、負ければ賊。世の中のことは、みんなこれでございます」

『その男 三』

＊

「ま、こうしたものさ。負け犬の勘は、にぶってくるものだよ」『近藤勇白書』

白と黒の間で

「寝る場所と、女を抱く場所と、酒をのむ場所……この三つは、どんな野郎にとっても欠かせねえものだからね。そうだろう、虎よ」

「その三つが、どこのだれにもうまく行きわたった世の中ならば、さわがしくもなりますまいがね」

『その男　二』

＊

「世の中の事は、一寸先もわからぬものよ」

『真田太平記　十』

＊

もともと、人間の住む世界というものは、明日がわからぬものである。

人間自体が、そういう宿命をもって生きている。

ことに、時代の流れが、大きく変りつつあるときや、戦乱の絶え間がないときなど、人間は、行く手の見えぬ不安におびえ、動揺する。

誰しも平和な、おだやかな時代が永遠につづくことをのぞんでいるのだ。

それでいて、人間の世界の争乱は絶えない。

人間をふくめての生物の生存闘争という〔宿命〕が、これである。

『戦国と幕末』

＊

「世の行く末が、わかったつもりになるのは、いかにも浅ましいことだ」

『真田太平記　十』

＊

「日本人というのは、(杉)虎之助。白と黒の区別があっても、その間の色合いがない、白でなければ黒、黒でなければ白と、きめつけずにはいられないところがある。しかしな虎之助。人の世の中というものは、そのように、はっきりと何事も割り切れるものではないのだよ。何千人、何万人もの人びと。みなそれぞれに暮しもちがい、こころも躰もちがう人びとを、白と黒の、たった二色で割り切ろうとしてはいけない。その間にある、さまざまな色合いによって、暮しのことも考えねばならぬし、男女の間のことも、親子のことも考えねばならぬ。ましてや、天下をおさめる政治《まつりごと》なら尚さらにそうなのだ」『その男　二』

*

「だがねえ、土方(歳三)君のように、白黒をはっきりけじめをつけてしまうのも、どうだろうかねえ。旧幕府にも薩長にも、厭な奴もいりゃア好い奴もいた。馬鹿なのも偉いのも、人間らしいのもらしくねえのも、入り交じっているのさ。こいつが人間の世界てえものだ」

榎本武揚は歳三より一つ下の三十四歳だが、ヨーロッパ留学の学識は新政府にも高く評価されている。

「どっちにしても新しい時代が来るし、またひらけても行くのさ。私ア、新政府が立派にやって行くと思うがねえ。どうだえ、土方君――」

「わからん!!　私には、まるでわからん!!」

「湯呑み茶碗には、湯茶の他に酒も入るし、しる粉も入るんだ。わかるかえ？」

「わかりません!!」

『炎の武士』

＊

ちかごろの日本は、何事にも、

「白」

でなければ、

「黒」

である。

その中間の色合《いろあい》が、まったく消えてしまった。

その色合こそ、

「融通」

というものである。

戦後、輸入された自由主義、民主主義は、かつての日本の融通の利《き》いた世の中を、たちまちにもみつぶしてしまった。皮肉なことではある。『男のリズム』

＊

「鬼には鬼、蛇《じゃ》には蛇の油断があるものだ」

『鬼平犯科帳　九』

＊

「人のうわさというものの半分は嘘だ」

『鬼平犯科帳　九』

＊

「人のうわさ、世のうわさというものが、うわさをされている本人の耳へとどくまでには、かなりの間がある。われとわがうわさを耳にしたときは、もはや、取り返しのつかぬことになっているものじゃ」

『おれの足音　上』

＊

流言というものは、これが拡大するうち、いつしか、「真実となってしまう……」ものなのである。

『真田太平記　五』

＊

人を殺して得た金で、恩師の供養をすることの矛盾を、世の人びとが知ったら、なんとおもうだろうか……。

もっとも、それならば、金で亡き人びとの供養をする寺方は、果して仏門に則《のっ》とっているのであろうか……。

世の中の仕組は、すべて矛盾から成り立っている。

これは絶対のことで、未来永劫《えいごう》変るまい。

『梅安蟻地獄』

＊

「金と申すものは、おもしろいものよ。つぎからつぎへ、さまざまな人びとの手にわたりながら、善悪二様のはたらきをする」

『鬼平犯科帳　十五』

＊

人間の生態というものは科学文明をほこる現代においても、さほど昔から向上をとげてはいないものだ。

そこがまた面白い〔浮世〕なのであろうけれども、人間本来の原始的な防衛本能や攻撃本能が、科学文明とむすびつくと、原・水爆などという化物を生み出してしまうわけだ。

本来は、まだまだ単純な機能組織しかそなえていない人間を人間自身が買いかぶって、なまじ高等生物のように思い込み、大自然を征服したつもりで鼻をうごめかしていると、今にとんでもないことになるであろう。

『抜討ち半九郎』

＊

「ともあれ、人間というものは、辻褄《つじつま》の合わねえ生きものでございますから……」

『剣客商売／浮沈』

第二章◉男をみがく

玉みがかざれば光なし

人間の一生というものは、ことに男の場合、幼児体験によってほとんど決まるといってもいい。

しかし、そういい切ってしまったら、身も蓋もないわけだ。それに、同じような幼児体験をした人が全部、同じような人生を送るかといえば、必ずしもそんなことはない。そこに、男をみがくことの意味があるんだよ。『男の作法』

＊

それならば、男は何で自分をみがくか。基本はさっきもいった通り、

「人間は死ぬ……」

という、この簡明な事実をできるだけ若いころから意識することにある。もう、そのことに尽きるといってもいい。何かにつけてそのことを、ふっと思う

だけで違ってくるんだよ。自分の人生が有限のものであり、残りはどれだけあるか、こればかりは神様でなきゃわからない。そう思えばどんなことに対してもおのずから目の色が変わってくる。

そうなってくると、自分のまわりのすべてのものが、自分をみがくための「みがき砂」だということがわかる。逆にいえば、人間は死ぬんだということを忘れている限り、その人の一生はいたずらに空転することになる。

仕事、金、時間、職場や家庭あるいは男と女のさまざまな人間関係、それから衣食住のすべてについていえることは、

「男のみがき砂として役立たないものはない……」

ということです。その人に、それらの一つ一つをみがき砂として生かそうという気持ちさえあればね。

『男の作法』

＊

時間というものは刻々と自分のまわりを通り過ぎて行って、どんどん自分は死に向かって歩いているわけだ。二十年なんて、わけないんだから。子どもの時代から三十ぐらいまでは長く感じるんだ。それからはどんどん短くなって行

く。

だからこそ若いうちに、やるべきことをやっておかないとだめなんだよ。人生は一つしかないんだから。

『男の作法』

＊

根本は何かというと、てめえだけの考えで生きていたんじゃ駄目だということです。多勢の人間で世の中は成り立っていて、自分も世の中から恩恵を享《う》けているんだから、

「自分も世の中に出来る限りは、むくいなくてはならない……」

と。それが男をみがくことになるんだよ。

『男の作法』

＊

特例はさておき、人間が一生をかけて悔いのない仕事を見出す、これをえらぶということは二十歳前後の青年にとって至難なことというべきであろう。

また、まわりの環境（家庭環境といってもよい）が、その青年にとってめぐまれていればいるほど、志望をととのえにくいものだ。

『霧に消えた影』

＊

生年月日を基準にしていろんなことを占う運勢術というのがあるでしょう。ああいうものは、その人間の持って生まれた根本的な運勢を見るもので、つねに百パーセントその通りになると断定するわけじゃない。生年月日の同じ人がみんな同じ運命で同じような人生を歩むなんていうことはないわけだからね。

人間の一生は、半分は運命的に決まっているかもしれない。だけど、残りの半分はやっぱりその人自身の問題です。みがくべきときに、男をみがくか、みがかないか……結局はそれが一番肝心ということですよ。

『男の作法』

自信と慢心

やはり、顔というものは変わりますよ。だいたい若いうちからいい顔というものはない。男の顔をいい顔に変えて行くということが男をみがくことなんだよ。いまのような時代では、よほど積極的な姿勢で自分をみがかないと、みんな同じ顔になっちゃうね。

『男の作法』

＊

いかなる名医も、家族の病気を診たがらぬという。

これも、人間が自らたのむところの危うさを、医家だけに、よくわきまえているからなのであろう。

自分のことはわからなくとも、他人のことは冷静に観察できる。

ゆえに、他人の忠告を聞いて、

「えらそうなことをいうものだ。自分がしていることを考えてみるがいい」

と、断定してしまうのは、あまりよくないことにちがいない。

『真田太平記　六』

＊

どのような技芸にしろ、おもてにあらわれる基本の動作は単純なものなのである。

だが、ちから充《み》ちて、技が熟すにしたがい、これらの動作の反復をさぐればさぐるほど深さに切りがなくなる。

矢を放って的を射るという一事に、人間の精神と肉体の高揚が無限に発揮されねばならぬ。

それを追いもとめることへの情熱は、他のどのような仕業にもあてはまることだといえよう。

『剣客群像』

＊

「剣術もな、上り坂のころは眼つきがするどくなって、人にいやがられるものよ。その眼の光りを殺すのだよ。おのれの眼光を殺せるようにならなくては、とても強い敵には勝てぬし……ふ、ふふ。また、おのれにも打ち勝てぬものよ」

『鬼平犯科帳　八』

＊

自信と慢心の差は紙一重である。
反省のない自信は、たちまちに慢心とかわってしまう。

『霧に消えた影』

夢とロマン

人間とか人生とかの味わいというものは、理屈では決められない中間色にあるんだ。つまり白と黒の間の取りなしに。その最も肝心な部分をそっくり捨てちゃって、白か黒かだけですべてを決めてしまう時代だからね。いまは。

こういう時代では、男の意地、夢、ロマンというようなものは確かに見つけにくいでしょう。むろん、その人の資質にもよるけれども。そこが戦国時代と現代の大きな違いといえるかもしれない。

『男の作法』

＊

「自分はこういうふうに生きたい……」

とか、あるいは、

「人間はこういうふうに生きねばならぬ……」

とか、若いうちは割合そういうことを考えるものでしょう。少なくともぼくらの時代にはそうだった。人それぞれにロマンのようなものがあったわけですよ。

だけど、現代《いま》ではだいぶ様子が違ってきているんじゃないか。ちかごろは小学生でさえ、

「大きくなったら趣味を生かしたマイホームライフを楽しみたい」

なんていうんだそうだから。

これは結局、自分を賭けるだけの生涯のロマンみたいなものがどこにも見つからないということだろうね。そういうものが今日だってないことはないが、やっぱり見つけられないんでしょう。

『男の作法』

＊

戦争が続いている時代には、腕の立つ強い人間ならどこでも喜んで迎えてくれる。だから、自分を正当に評価しないような主人には家来のほうから絶縁状を叩きつけても、すぐに次の主人が見つかったわけです。

考えてみれば、これは現代社会においても必ずしも通じない話ではないんじ

ゃないの。だれもまねのできない特技を身につけていればね。決して不可能なことではないと思うんだ、ぼくは。大企業に身を寄せて、ひたすら御身ご大切に、

「休まず、遅れず、働かず……」

というサラリーマンの処世訓を守っているだけでは、これはどうにもならないよ。夢とかロマンとかいうものは、だれかが与えてくれるものじゃない。自分で求め続けるものだからね。それでこそライフワークにもなる。『男の作法』

＊

スクリーンにあらわれる美男美女が、スクリーンからぬけ出し、現実の肉体をもって自分の眼の前に登場する。

これこそ、映画ファンの夢なのだ。

その夢は、現実生活のきびしさを感傷に転化する。

人間のセンチメントを嗤《わら》う人は不幸だ。センチメントがわかる人は、わからない人よりも上質で、幸福なのである。『池波正太郎の春夏秋冬』

＊

「(福島)市松どのが(加藤)虎之助どのに劣るところは只一つ。それは、書物を手にとらぬことじゃ」

と、北政所《きたのまんどころ》がいった。

「書物を読み、そこに書きしたためられていることを、一つずつでもおぼえ、わからぬところはわかる人に尋ね、それを一つ一つ、おのれが御奉公をしている場所に生かしてゆく。そうすれば、読んだことが身につくのじゃと、よく、むかし、(羽柴)筑前守殿がおおせあった」

『忍びの女　上』

＊

法秀尼《ほうしゅうに》が読みかたを教えてくれた。

字は〔六月火雲飛白雪〕というのだ。

六月の火雲白雪《かうんはくせつ》を飛ばす、とよむのである。

つまり、夏の雲が雪をふらせるというわけであった。

「ははあ……」

「私も、ようはわからんが、この文句が好きどンのや」

「どげな意味ごわすな？」

つまり、世の中の常識というものにとらわれてはいけない。夏に雪をふらせるというほどの自由自在な機能をもつということが人間にとっては大切である。言いかえれば、常識というものの中にある馬鹿馬鹿しい考え方からはなれて事にのぞむことも、ときには必要なのだという意味をこの言葉は語っているのだと、法秀尼は教えてくれた。

「何でも〔中峰広録〕とかいう禅の書物の中にある言葉だそうな」

『人斬り半次郎／幕末編』

大人のマナー

お客の心得として、自分が来たばかりならいいけど、前からいて、なかなか席を立たないで水割りチビチビやっているというのは感心しない。これは酒を飲むところだけに限らない。食堂でもどこでもそうです。お客が入ってきて坐るところがないというのに、自分がすっかり食べちゃったのに泡の消えたビールをチビチビやっているのは感心しないやね。話が残っていたら、「混んできたから、ちょっと別のところに行こうか……」と、出るがいいのさ。

『男の作法』

＊

「タクシーに乗ってね、車が停まってから金を出してお釣りを待ってる男なんて、どうしようもないよ。

外へ出る前に、ちゃんと小銭を用意しとかなきゃだめなんだよ。ぼくは自分の部屋に五百円、百円、十円というふうにいつも分けて置いてあるんだよ。で、これから出かけるというときに、それをいくつかずつつかんでポケットへ入れて行く、どういう場合にもすぐ対処できるように。だからタクシーに乗れば、もうそこで降りるとわかっているんだから、車が停まる前に料金とチップを出して、停まったらパッと渡して、ごくろうさんといって降りる。こんなの常識だよ、男としては」

『新 私の歳月』

＊

手紙を書くのは話しているように書けばいいんだ、その人と話してるつもりになって。初めてのとき、手紙を見ただけで会ってみようかという気になることもあるし、逆の場合もある。だから、手紙は大事だね。書きかたは、結局、気持ちを率直に出すことですよ。あくまでも相手に対面しているというつもりでね。そのときにおのずから全人格が出ちゃうわけだ。それで悪ければしようがない。

『男の作法』

お茶を飲んだり昼飯を一人で食べたりするときに、店の人が自分の言動や態度をどう見るか、隣り合わせた人が自分をどう見るか、必ず何らかの反応が相手に表われるから、それを絶えず感じ取る、その訓練が勘をよくするし、気ばたらきをよくするんだよ。

結局、気ばたらきというのは「相手の立場に立って自分を見つめること」です。

『新 私の歳月』

＊

贈り物をするというのは、なかなかむずかしいことだ。よくネクタイを贈るでしょう。原則的にはネクタイというものは、締める当人が自分で選ぶべきものなんだ。自分の締めるネクタイを他人《ひと》まかせにしてるような男じゃだめですよ。

だから、ネクタイを贈る場合は、その人のスーツを知ってなきゃ贈れないんだよ。どういうスーツを持っているか、どういうスーツを好んで着るかというようなことまでね。服装とかおしゃれというのは、結局、バランスが大事でしょう。いくら高価なエルメスだの何だの舶来のネクタイをもらったって、それに合うスーツがなかったらどうにもならない。『男の作法』

＊

身だしなみとか、おしゃれというのは、男の場合、人に見せるということもあるだろうけれども、やはり自分のためにやるんだね、根本的には。自分の気分を引き締めるためですよ。『男の作法』

＊

自分のおしゃれをする、身だしなみをととのえるということは、鏡を見て、本当に他人の目でもって自分の顔だの躰《からだ》だのを観察して、ああ、自分はこういう顔なんだ、こういう躰なんだ、これだったら何がいいんだということを客観的に判断できるようになることが、やはりおしゃれの真髄なんだ。『男の作法』

＊

今の男は気がまわらなすぎるんだよ。あまりにも現代の男は気がまわらなくなっている。女がまわらないのは昔からそうだけれどもね。第一、男が気をまわすのは恥みたいなことになってきている、今の世の中では。

これは実に食いもののことでも……そうだろう。逆なんだよ。男のくせに台所へ入るなどいやしいなんて、かえっていやしいんだよ。

食いもののことなんて男は口にすべきじゃないなんて、裏返しなんだ。そういう奴に限って、むろん例外はあるけれど、男として大したものじゃないことが多いんだよ。

『男の系譜』

＊

剣道で〈残心〉という言葉がある。

闘って、相手を打ち据えたとき、気をゆるめずに尚も構えをたて直し、相手の出方を見る。これが残心だ。

勝ったと思っても、決定的な勝ちではなく、相手が立ち向って来る場合もある。

それにそなえて、心を勝負に残す。

電話で語り終って尚、相手の様子をうかがう。これも残心といってよい。
たがいに、たがいの様子をうかがい、
（これでよし）
となったとき、しずかに電話を切る。
その無言の間が、双方の心を通わせることになる。

『日曜日の万年筆』

第三章◉男の生き方

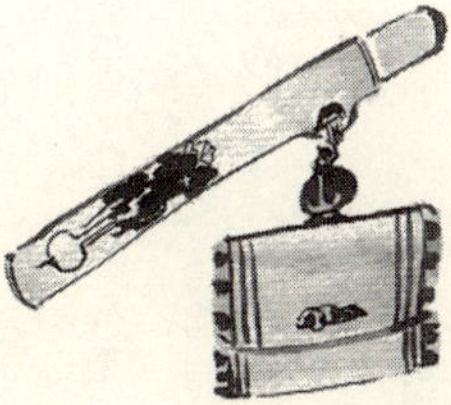

人生の持ち時間

近年、つくづくと、一人の人間が持っている生涯の時間というものは、

（高が知れている……）

と、おもわざるを得ない。

人間の欲望は際限もないもので、あれもこれもと欲張ったところで、どうにもならぬことは知れている。一つ一つの欲望を満たすためには、金よりも何よりも、それ相応の〔時間〕を必要とする。一を得るためには、一を捨てねばならぬ。時間のことである。人生の持時間《もち》こそ、人間がもっとも大切にあつかわなくてはならぬ〔財産〕だとおもう。

『男のリズム』

＊

いま、自分は三十であるとしよう。

「いつまで生きられるか……」

ということをまず考えないとね。

そこから始まるんだよ、根本は。三十歳だったら、本当に生きていて仕事が出来るというのは、うまく行って七十までだね。それ以上生きても、五年か十年でもって結局は、間もなく死ぬわけだから、あと自分が生きている年数というものは何年か、それをまず考えなきゃならない。それが全部の基本になるんだよ。

『男の作法』

＊

余裕を持って生きるということは、時間の余裕を絶えずつくっておくということに他ならない。一日の流れ、一月の流れ、一年の流れを前もって考え、自分に合わせて、わかっていることはすべて予定を書き入れて余分な時間を生み出す……そうすることが、つまり人生の余裕をつくることなんだよ。それをしないから、いざというときになって泡をくらっちゃうことになる、たいていの人は。

『男の作法』

すべて物事の渦中にあって没頭している者の時間感覚は、傍観者のそれとはまったくちがう。

夢中で小説を書いているときの三時間は、列車で旅をしているときの同時間の比ではない。

＊

それこそ「あっ……」という間に三時間が経過してしまう。

また、たとえば大勢の人びとを前にして何かしゃべっているときなどは、一時間の持ち時間が十五分ほどにしか感じられない。

『真田太平記　七』

＊

五十をすぎると、人生の〔残り時間〕も、高が知れている。

「まだ、二十年もありますよ」

という人がいるけれども冗談じゃあない。

二十年なぞという歳月は、それこそ、

「あっ……」

という間にやって来て、過ぎ去ってしまう。『散歩のとき何か食べたくなって』

*

「知人《しりびと》の死ぬということは、喪が深くなるにつれ、年ごとに、こちらの胸の中へ、その人のおもかげというものがつよく根を下ろし、こちらが、この世に別れを告げるまで生きつづけている。これはね、たしかにそうだということが年《と》齢《し》をとってくるにつれ、いよいよ、はっきりしてまいりましたよ。

このごろの私はね、あなた。

知人が亡くなっても、その葬式へも出かけませんので。凝《じっ》と、この私の胸の内へ、その亡くなった人のおもかげをたたみこむ。それだけでもう、私にはじゅうぶんなのでございますよ」『その男　二』

見栄と外聞

「何事も小から大へひろがる。小を見捨てて大が成ろうか」

『鬼平犯科帳　十四』

＊

「武士は人の頭《かしら》たるべきものじゃ。すなわち、わが身をおさめ、世のため人のためにはたらく一事こそ、男子の本懐」

『さむらい劇場』

＊

「死んだ後のことなど、だれが何とおもおうと知ったことではない」

というのは後世の男の考え方であって、（徳山《とくのやま》）五兵衛の生きていた（江戸）時代の男は、武士・町人・百姓の区別なしに、体面を重んじたのである。

「体面や見栄なぞ、下らぬことだ」

というなら、その体面や見栄に関わることのない時代がやってきても、人間は、あまり上等にもならぬし、進歩もせぬ動物なのだ。

秘し、隠すことが不道徳であるという時代。

秘密の重味を軽んずる時代というものは、

「あまり、おもしろくない世の中……」

なのである。

それが善か悪かということは、また別のことなのだ。


『おとこの秘図　下』

＊

「約束事というものはよくよくにむずかしいものじゃ、人間と人間の誓いゆえ、なおさらにな……」

『鬼平犯科帳　三』

＊

逆境に沈んで苦しみ抜いたことのない人間は、だいたい駄目なんだ。人を見る目も出来ていないしね。

『男の系譜』

＊

「中村半次郎どんな、女子《おごじょ》にもてるのはな、あの人が死ぬことをおそれぬからよ。じゃから物事のすべてに執着がなか。よって見栄も外聞もかざる必要なごわはん――なればこそじゃ、あの人は肚のうちからいささかの惜しみもなく、女へも男へも親切をつくしてやんなはる」

『人斬り半次郎／賊将編』

＊

「暴力で他人の女を引っ攫《さら》うなどとは男の風上にもおけぬ奴ですよ。思ってみただけで虫酸《むしず》がはしる。私も女は好きだが、厭《いや》がるものを無理無体になどというのは、とてもできない。第一、体が言うことをきいてはくれん。金で買った女にしても、向うが、こっちと同じに楽しみ、よろこんでくれるのでなければ、私は手も足も出ません」

『上意討ち』

仕事と生きがい

　どうしても自分が楽しみながら、生きがいを感じながら現在の仕事をするということでないと、挫折したときに立ち上がれない。ところが、いまの若い人たちは、挫折することを始めから嫌って、そっちを避けようとする、そういう感覚が非常に発達しているように思いますね。しかし、挫折するたびに、自分の仕事でも、人間でも、ひとまわり大きくなるものだ、必ず。　『男の系譜』

＊

　しかし、いまの人は仕事に身銭を切らないねえ。職場で毎日お茶いれてくれる人がいるでしょう。そういう人に盆暮れにでも心づけをする人が、まあない。いつもおいしいお茶をありがとう……そういってちょっと心づけをする、こりゃ違いますよ、次の朝から。当然その人に一番先にサービスする。そうすると気分が違う。気分が違えば仕事のはかどりがまるで違ってくる。

こういうふうに、自分の仕事を楽しみにするように、いろいろ考えるわけですよ。楽しみとしてやらなきゃ、続かないよ、どんな仕事だって。

「努力」だけではだめですよ。ガムシャラな努力だけでは、実らなかったら苦痛になる、ガックリきちゃって。一種のスポーツみたいに仕事を楽しむ、そうすることによってきっと次の段階が見つかり、次に進むべき道が見えてくるものですよ。


『男の系譜』

＊

気分転換がうまくできない人は仕事も小さくなってくるし、躰《からだ》もこわすことになりがちだね。会社でもいやなことばかりに神経を病むような人は、やっぱり躰をこわしてくると思うんだよ。

さりとて神経が太いばかりだったら、何ごともだめなんだよ。太いばかりだと馬鹿になっちゃう。隅から隅までよく回る、細かい神経と同時に、それをすぐ転換できて、そういうことを忘れる太い神経も持っていないとね。両方、併せ持っていないと人間はだめです。

昔、戦国の豪傑といわれる人は、みんな神経が細かい。織田信長も、徳川家康も、秀吉もね。だけど細かいばかりじゃなくて、もう一つの神経を持っているわけだよ。だから英雄豪傑になれるんだ。『男の作法』

＊

私は、はじめに戯曲をやって、自分の作品が三つ四つ上演されるようになってから、今度は小説の勉強をはじめた。

そのころ、ひどいスランプになったことがある。あまりに自信を失い、ひょろひょろと（長谷川伸）先生のところへうかがったとき、先生は発熱して寝ておられたが、すぐに起き上がって茶の間へ出てこられた。

（ぼくは、何という無茶な、図々しいまねをしたものだろうか……）

先生は、ぼくがつくったウタだがと言われて、左のようなウタをしめされた。

観世音菩薩が一体ほしいと思う五月雨《さみだれ》ばかりの昨日今日

何日も机の前にすわりつづけ、書けなくて書けなくて、ここに観音像の一つもあったらすがりつきたいほどだ、という作家としての苦悩をよんだものであった。

「ぼくだってだれだって、みんなそうなんだよ、元気を出したまえ」

私は、勇気を得た。

『私の仕事』

男の一念

桜花《はな》は一本《ひともと》か二本《ふたもと》がよい。
そして、淡い夕闇の中で見るのが好きだ。
また、さらに、桜花は散りぎわがよい。

『小説の散歩みち』

＊

「まことの人は、くだくだしく物を考え、迷う前に、先ず、うごき出すものじゃという。大事の一瞬、電光のごとく頭にひらめいたままを、たちまちに、わが行動《うごき》へ移すことこそ、まことの男子じゃ。こうしたらうまくゆこうとか、ああしたら利を得ようとか、くよくよと思い迷うは武士のなすところではない」

『堀部安兵衛　上』

武士の喧嘩というのは、条文にはなっていないけれども「両成敗」ときまったものなんだよ。それでないと、どちらがよくてどちらが悪くても恨みが残るだろう、家族たちに。だから潔く両方とも死んでもらう。それによって後に恨みが残らぬようにするというのが武士の掟なんだ。

『男の系譜』

＊

「わしも恐ろしかった。とっさに逃げようとも思い浮かんだものだ——その一瞬に、武士の恥ということが稲妻のごとくに頭の中にひらめいたので、わしは腹をすえ、わしの卑怯な心を、ぐっと押さえつけた。それは、ほんの一瞬の差で決まったことで、時と場合によっては、わしも逃げ出してしまったかも知れぬ……」

どんな英雄豪傑にも胆力の一枚下は人並な弱さが渦を巻いているものではなかろうか——。

『若き獅子』

＊

＊

本多忠勝は、徳川家康のゆるしが出るや、すぐさま自分の家臣を上田城へ送り、助命の事を告げ、

「速やかに城を明け渡されたし」

と、つたえさせた。

「ほう、命を助けてくれるそうな」

真田昌幸は苦笑して、

「左衛門佐《さえもんのすけ》（幸村）。いかがいたそうかの」

「生きてあれば、いずれ近き日に、おもしろきこともありましょう」

「さようにおもうか？」

「はい」

「うむ」

大きくうなずいた安房守《あわのかみ》昌幸が、

「わしもじゃ」

と、いいはなった。


『真田太平記　七』

＊

太刀を構え合い、じりじりと間合いをせばめつつ、

「よろしいかな。武士《もののふ》の一生は束の間のことじゃ」

「は」

「その束の間を、いかに生くるかじゃ」

「うけたまわった」

「まいれ！」

「応！」

二人の躰《からだ》が飛びちがい、太刀と太刀が凄まじく打ち合った。


『真田太平記　八』

＊

（諸岡《もろおか》）一羽斎《いっぱさい》が、また眼をひらき、

「剣は心じゃ。よいか――おのれに打ち克つ心、これひとつじゃ。それさえ体得すれば、もう何もいらぬ」


『剣法一羽流』

＊

大沢（大助）は、じっと新八を見つめて、

「だが、永倉さん。あなたのは道場剣術なのです。いくらあざやかに竹刀をつかっても道場剣術では人を斬れぬ。人を斬ったことがありますか？」

「ありません」

「人を斬れというのではない。人を斬れるだけの力をそなえてこその剣術です。人を斬る、人に勝つことは、おのれを斬り、おのれに勝つことだ」

「……」

「私は、真剣をもってあなたを斬るつもりで竹刀をとった。あなたは、私を竹刀で打つつもりで立ち合われたのだ。それだけの違いですよ」　『幕末新選組』

＊

剣道は、剣をとる時にのみ存在するものではない。社会、日常の百般において存在するものだ。それでなくては、この道をきわめることにならない。

剣は太刀《たち》すなわち断つ、という言葉にあてた文字であって善悪を裁断することである。世に十悪という。すなわち、我慢、我心、貪慾《どんよく》、瞋恚《しんい》、危殆《きたい》、嫌疑、迷惑、侮慢《ぶまん》、慢心をいい、この悪心を切断すれば、人間本来の〔清明心〕に帰するものである。

『霧に消えた影』

＊

だれしも、自分の家と領国を護りぬくために、敵と戦う。

けれども、それは、戦《いくさ》に勝ってこそのものなのだ。

そして、戦というものは、よほどの兵力の差がないかぎり、

「勝敗は五分と五分」

なのだ。

双方が必死に戦い、死力をつくしてのちに勝敗が決まる。それは、神のみが知っている。

生き残ることのみを想っていては、必死の戦が不可能であった。


『真田太平記　十』

＊

（真田）伊豆守信之も、

（但馬は、おそらく、角兵衛出生の秘密をわきまえていよう）

感じてはいるが、口には出さぬ。

口に出さなくとも、たがいにたがいの胸の内がわかっている。

この時代の男たちは、このようにして事を運び、生きていたのだ。

また、それほどに言葉というものを大切にしたのだともいえよう。

胸の内のおもいを口に出してしまうと、そこに微妙な変化が起こる。

かえって双方の真実が、つたわらなくなってしまうこともある。

言葉というものは、便利のようでいて、不便なものでもあるのだ。

『真田太平記　十二』

世わたりの極意

「勝負というものは負くるものではございません。必ず勝つという見込みがない勝負は、するものではございません」

と、（塚原）卜伝《ぼくでん》は（足利）義輝に言った。

「勝てぬと思うときは逃げるのです。恥ではありません。よろしゅうございますか、私は、あなたさまが自らをお守りになる為に剣をお教えしたのでございますぞ」

『卜伝最後の旅』

＊

目ざす相手が、「勝ち残ってから味方についたのでは、おそい」のであって、戦乱のうちに、見きわめをつけた大名へ味方をしておけば、その大名が勝ち残ったとき、味方をしつづけて来た者への恩賞は大きい。あとから、あたまを下げて行った者とは、くらべものにならぬ。

『忍びの女　上』

＊

上役に対しては礼儀正しく、しかも、こびへつらって出世の糸口を見つけようとはしない。
同僚を押しのけて、うまいことをしようなぞとは絶対に思わぬ。
足軽や小者など、自分より下の者へは親切をつくしてやる。
こんな人間が好かれないはずはない。

『スパイ武士道』

＊

男らしさとか女らしさとかいう前にね、男も女も共通していちばん大事なことがあるんだよ。「人の身になって考える」ということがね、できる人がいちばんいいわけだよ。これがなかなか、口でいうのはやさしいが、できないことなんだけどね。

『梅安料理ごよみ』

＊

「そりゃァ、おれだって金もほしいし、出世もしたいと思わねぇことはないよ。けれどもなあ、おれというやつは、金が入り出世をすると、すぐに、いい御機嫌になり、この鼻がどんどん高くなっちゃう奴なんだ。若いときに師匠の門を追われたときの自分の浅ましさが、おれは身にこたえているようだ。おれは金が怖い。出世が怖い。手前の腕が落ちねぇように、おれは、つとめて金や出世を遠ざけているのだ」

『若き獅子』

＊

だけど、なかなかね、悪いことというのはすぐに現れないから困るんだよ。いいことはわりあい現れるんだ、すぐに結果が。悪いことってなかなか現れないから、ついに現れたときにはもう取り返しがつかないことになっちゃう。気学を勉強してみるとね、どうも悪い星に乗ったときに我欲が出ちゃうんだな。それまではまじめに地道にやってきた人でもね。それが恐ろしいねえ。とにかく、これだけはぼくは断言できる、長い間見てきて。我欲を持ったら絶対だめだ。

『梅安料理ごよみ』

＊

こうして六十年も生きて、若いときからいろいろな人を見ていると、我欲の強い人がいちばん不幸せになっています、結果的に。「自分さえよければ、他人はどうでもいい」という人がね。金が沢山あっても幸せとはいえませんね。人にはいえない苦悩があったりしたら、金があったって、不幸せですよ。

それで厄介なのは、我欲でも何でも悪い事というのは、結果が出るのに時間がかかることだね。ウミが出るのに十年、二十年とかかる、出たときにはもう遅い、手の尽くしようがないということです。

そこのところが大事なんだと思うね。

『新　私の歳月』

＊

ぽんと灰吹きへ煙管《きせる》を落した(秋山)小兵衛が、

「弥七。人の世の中は、みんな、勘ちがいで成り立っているものなのじゃよ」

と、いった。

「大先生。まさか……?」

「お前ほどの御用聞きが、そのことに気づかぬのはいけないよ。いいかえ弥七。それほどに、人が人のこころを読むことはむずかしいのじゃ。ましてや、この天地の摂理《うごき》を見きわめることなぞ、なまなかの人間にはできぬことよ。なれど、できぬながらも、人とはそうしたものじゃと、いつも、わがこころをつつしんでいるだけでも、世の中はましになるものさ」

『剣客商売／隠れ簑』

第四章◉リーダーの条件

人間の器《うつわ》

この三方ガ原の戦争に、徳川軍はたしかに負けた。

負けたがしかし、

「徳川家康という大将はりっぱなものだ。自分の国をまもるためには、あれだけ、いのちがけで戦うのだからな」

「大敵に対して、すこしもおそれず攻めかけた勇気はおそるべきものじゃ」

「大将みずから最後までふみとどまって、家来たちを逃がしたそうではないか」

「徳川殿は信じてよい大将だ！」

こういう評判で、もちきりとなったのである。

『炎の武士』

＊

こんなはなしが、むかしの本に出ている。

北条氏政が父・氏康の後をつぎ、小田原城主となってからのことだが、或夜、重臣たちもまじえた宴席で、

「ああ……」

突然、隠居の身となった北条氏康が箸をおいて嘆息をもらし、

「北条の家も、わし一人で終わってしまうのか……」

とつぶやいた。

父のすぐ前で、これも飯を食べていた氏政がおどろき、

「父上。何をおおせられますのか？」

「何でもない。おぬしがことじゃ」

「え……⁉」

「いま、おぬしが食べているのを見ると、一ぜんのめしに汁を二度もかけている。人たるものは一日に二度、めしをくらうゆえ、ばかものでないかぎり、食事の修練をつむが当然じゃ。しかるに、おぬしは一ぜんの飯にかける汁の量もまだわきまえてはおらぬのか。一度かけて足らぬからというて、また汁をかける。まことにおろかじゃ。朝夕にすることさえ忖度《そんたく》が出来ぬのでは、ひと皮へ

だてた人の肚《はら》の内を知ることなど、とてもかなわぬ。人の心がわからなんだら、よき家来も従わず、まして敵に勝てよう筈もない。なればこそ、北条の家も、わしの代で終わると申したのじゃ」

『忍者群像』

＊

長篠の戦いは、武田軍に決定的な敗北をもたらした。

「この戦さは、われらにとって何の役にもたちませぬ。おとどまりあれ!!」

馬場信春や山県《やまがた》昌景などの老臣が必死に制止したが、武田勝頼はきかなかった。

「そちたちは、またも、亡き父上ならば、このような戦さをせぬと申したいのであろう。言うな!! 勝頼は武田のあるじじゃ。勝頼には勝頼の仕様がある!!」

若い勝頼は、父・信玄の偉大な足跡を、自分だけの力で、もみ消したかったのだ。

英雄の後をついだものの悲劇である。傍観すれば喜劇だったとも言えよう。

『黒幕』

＊

太平洋戦争中に、筆者は海軍にいたが、

（この人と、いっしょならば、よろこんで死ねる）

と、おもった上官は、二人しかいなかった。

けれども、この二人は、いずれも新兵のときの上官で、教育を終えて一人前の水兵となってからは、そうした上官は一人もいなかった。

兵は、直属の上官しだいなのだ。

直属の上官が愚劣な場合は、

（よろこんで死ねない……）

ものなのである。


『真田太平記　十』

＊

（徳川）家康に対してわれわれが感心するのは、あれほどの権力者になっても、自分の生活はきわめて質素、それでなくては下の者たちはついて来ないということをよく知っていて、それを最後まで実践したことだろうね。これは、上に立つ人間の取るべき万古不易の姿だから。人間、どうしても、成功して上に立つようになると、その瞬間から自分がぜいたくすることばかり考えがちなんだが……。

『男の系譜』

＊

「(加藤)左馬助(嘉明《よしあき》)は、篤実な男じゃ。太閤亡き後も、われらに味方して、いささかも粗略がなかったと申してよい。ゆえに、われ亡き後も末長く、なさけをかけてやるがよろしかろう」

「心得てござる」

「なれど、左馬助は、わずかな不満をも心にとどめ、いつまでも忘れぬところがある。このことは心得ておかれるがよい」

この父の言葉に、将軍(徳川)秀忠は、

「左馬助は器量が小さき者ゆえ、天下に弓を引くこともないと存ずる」

そういうと、家康は微《かす》かに頸《くび》を振り、

「いや、小量なりとて、あなどり給うな。たとえば、踊りなどを見るに、幼き者が節まわしもよく、浮き立つほどに音頭をとれば、大人も老人も面白さに我を忘れて踊り出すものじゃ。乱世のならいにて、一方の将となるべき者あれば、その当人に謀叛のこころがなくとも、かたわらにて、うまく音頭をとる者どもに引かれて起《た》ちあがることもある。これは左馬助のみのことではない。くれぐれも心をゆるし給うな」

『真田太平記　十二』

指揮統率の原点

(真田)信之は、ふっと微笑を浮かべた。浴室の羽目に揺れるかげろうのような微笑であった。

「治政するもののつとめはなあ、治助――領民家来の幸福を願うこと、これ一つよりないのじゃ。そのために、おのれが進んで背負う苦痛を忍ぶことのできぬものは、人の上に立つことをやめねばならぬ……人は、わしを名君と呼ぶ。名君であたりまえなのじゃ。少しも偉くはない。大名たるものは皆、名君でなくてはならぬ。それがほめられるべきことでもなんでもない、百姓がクワを握り、商人がそろばんをはじくことと同じことなのじゃ」

『真田騒動』

*

大名の家というものは、殿様だけが偉くてもいけない。家来たちが主を怖れて口もきけなくなり、殿様のやることがどうしてもエゴイスティックなものとなりがちになる。

と言って、家来がえらく殿様がバカでもいけない。下から萌え出ようとする良い芽がつまみとられてしまうからだ。

だから、上もえらく下もえらいものがそろっていないと、よい政治を行なうことが出来ないということになる。これは、昔も今も同じであろう。

『戦国と幕末』

*

「昼行灯《あんどん》」というあだなは、つまり「あってもなくてもいいようなもの」という意味だろう。それと、(大石)内蔵助が城中に出仕しても、御用部屋で例のごとくうつらうつらと居眠りをしている様子をいいあらわしているわけだ。

しかし、こまかいことは、それぞれの役目についている藩士にまかせておく、国家老としての自分はその藩士の働きぶりさえ掌握していればよい、というのが内蔵助の流儀なんだ。これでいいわけですよ、上に立つものとしては。

『男の系譜』

＊

その山南《やまなみ》（敬助）を切腹させるに、土方（歳三）は眉一本もうごかさなかった。むしろ近藤（勇）の方が、かなしみは深かったらしく、山南の切腹後は、居室にこもり、ひとり経をよんでいたという。

永倉新八の胸のうちを、（土方は）早くも察したらしい。

あるとき、廊下ですれ違いざま、新八の袖をつかみ、

「永倉君。おれのようなものがおらなんだら、これだけの人間を束ねては行けないのだよ。ま、いい。憎みたければ憎んでくれ」

いきなりこういって、ふり向きもせずに、さっさと行ってしまったことがある。

『幕末新選組』

＊

「あたりはもう火の海でしてね。民家も燃える、奉行所にも火がかかる。火とけむりが物凄くたちこめていて身うごきもならない。で、私どもも引き上げました。どんどん引いて行くと、どこからか土方歳三が飛び出して来て、いきな

り、私の躰《からだ》へ抱きつき、よかった、永倉(新八)君、生きていてくれてよかった、と、叫ぶのですよ。そのとき、私はハッとおもいましたね。ああ、前に土方が、あんなに冷酷に見えたのも、あの人が一所懸命に気をゆるめず、隊士一同に眼を光らせていたからこそ、新選組もあれだけのはたらきが出来たのだ。ほんとうの土方歳三という男は、熱い血も、あたたかい泪《なみだ》もある人だったかも知れない、と、そうおもったのですよ」

『近藤勇白書』

＊

自ら率先して日常の行動そのもので納得させる、これが指導者であって、家庭の主《あるじ》にしてもそうですよ。

『男の系譜』

＊

部下の心服を得ようと思うなら、説教ばかりしたって駄目なんだよ。まず自分の行動で示す。自分の方が上だからって権力や地位を笠に着て威張っていたら、いまは、だれもついて来やしないよ。平蔵の時代に、四百石の旗本で盗賊改メの長官といったら、もう庶民にとっては雲の上の人みたいなものでしょ

う。現代ならさしずめ警視総監のようなものなんだから。そういう平蔵が、相模無宿の彦十という無頼上がりのじいさんに、

「むかしなじみにもどり、ひとつ、おれの手助けをしてはくれねえか」

と、若い頃のつきあいそのままに伝法な口調でたのむわけだよ。こういわれれば、

「入江町の銕《てつ》さんのためなら、こんなひからびたいのちなんぞ、いつ捨てても惜しくはねえ」

と、やっぱりこうなるでしょう。

だから、大事なのは、先ず、相手と同じところまで下りていくこと。人間というものは身分が上になるほど、なかなかそれができないんだよね。


『新 私の歳月』

＊

ただ単に、役目をつとめているだけのものではない。平蔵は、わがいのちを張って盗賊どもを相手に休む間もなく闘いつづけてきたし、また長官《おかしら》みずからが、そうしてはたらかなくては、配下の与力・同心たちもいのちがけになって

はくれぬ。

『鬼平犯科帳　六』

＊

西郷(隆盛)は、こういっている。

「万民の上に位する者は己れをつつしみ、品行を正しくし、驕奢《きょうしゃ》をいましめ、節倹につとめ、職務に勤労して人民の標準となり、下民、その勤労を気の毒に思うようならでは、政令はおこなわれがたし」

人民が「あんなに一生懸命はたらいては、お気の毒だ」というほどに国事をつかさどる者が働きぬかなくては、よい政治はおこなわれぬ、というのである。

『西郷隆盛』

決断力と先見性

関ヶ原決戦の前夜、あまりに煮え切らぬ総師・石田三成を、小西行長がつぎのように評した。

「小児《こども》の遊び戦《いくさ》ではない。いちいち事を危ぶんでいては取り返しのつかぬことになる。石田殿は何から何まで、ぬかりなく運ぼうとなさる。平時の折には、それも結構なれど、戦には魔性があって、この魔性に立ち向かい、戦機を得るためには、書状をいじりまわし、政令を案ずるようにはまいらぬのだ」

『真田太平記　十』

*

石田三成に戦歴はあっても、勝利の経験はほとんどない。ただし、豊臣秀吉の愛寵をうけて立身出世をしただけの才智があり、政経の道にはくわしく、その実務においても熟達している。だが、すぐれた政治家は、すぐれた戦将ではない。

『忍びの女　下』

＊

関ヶ原の折の、黒田長政の奮戦は、

「天下に隠れもないこと」

であって、九州へ帰って来て、父の如水軒孝高《よしたか》へ、

「関ヶ原の本陣にて、それがしが石田(三成)の軍勢を打ち破りまいたることを、内府公（家康）は深く感じ入られたかして、それがしの右手を把《と》り、三度までも推しいただかれてござる」

得意満面となって報告するや、黒田孝高は苦々しげに、

「そのとき、おぬしの左手は遊んでおったのか」

と、膠《にべ》もなかった。

孝高から看《み》れば、

（いかにも見えすいた……）

徳川家康の手に乗り、すっかり、よい気持になっている伜《せがれ》がなさけなかった

のであろう。

右手を推しいただかれたなら、その左手で何故、家康を刺し殺し、天下をわが物にする気にならぬのか、と、孝高は長政を揶揄《やゆ》したのだ。


『真田太平記　十』

＊

「何時《いつ》でございましたか、殿は、私に、かようなことを申されました、兵法心得の一つとして……」

「ほう……何と言った？」

「兵法は、ただ家臣を不憫《ふびん》と思うことであり、礼儀を乱さぬことが平常からの大切な心得であると申されました」

「ふむ……（鈴木）右近。そのほうは、手ひどく浪人暮しには懲りたとみえるな」

「はい、懲りました。合戦もなく、また禄を失った武士ほど、みじめなものはございません」


『真田騒動』

人づかいの妙味

大垣から長浜までは、およそ四十キロメートル（十里）ほどだ。

（豊臣）秀吉は、関ヶ原を駆け抜けて近江の国へはいり、

「それ、いそげや」

馬にむちをくれ、休む間もなく、いっきに長浜へ着き、さらに琵琶湖の岸べを駆けに駆け抜き、木之本へついたのは、夜の九時ごろだったという。

そのころ、秀吉のあとを追って大垣をでた一万五千の兵たちは、

「やあ、どうじゃ。道ばたに村人が松明《たいまつ》をもって出ているぞ」

「あかるくて走りよいな」

「見ろ、見ろ。握り飯をくばっているぞ」

「これはうれしい」

走りながら、握り飯をほうばる。

「うちの殿さまは、いつもこのように、おれたちのことを考えていてくださる」

「これではいやでもいくさに勝たなくてはならんぞ」

兵たちは勇気百倍して走り続ける。

秀吉の兵の使い方、動かし方は、いつもこのように巧みであった。

『信長と秀吉と家康』

*

（徳川）家康のやりかたというのは、外にたっぷり、内にちょっぴりだろう。最初から自分に尽して来た譜代の家来に対しては禄高は少ないんだ。三万石とか五万石とか、その程度の小さな大名にしておくわけだ。

何十万石というたくさんの禄をやるのは、自分が将軍になるのを外から助けてくれた大名たち。自分の家族のような家来には三万石か四万石。これは当然だと思う。

今でもこうでなければと思うね、おれは。まず身内を優遇してしまったら、外の人たちは面白いはずがない。

それが現代では、身内優遇という感じがする。一般的にいって。相当大きな会社でも自分の倅に社長を継がせることが多いでしょう。『男の系譜』

＊

尾行の失敗で、面目なげに俯《うつむ》いている仁三郎へ、

「気にいたすな、お前ほどの者に落度はない」

「へえ……」

「よし。では仁三郎。今度は、しくじるなよ」

「はいっ」

よみがえったようになり、仁三郎は役宅から飛び出して行った。

その後で彦十が、

「へへへ、銕《てつ》つぁんは……いえ長谷川（平蔵）様は、むかしから、人を使うのがうめえなあ」

「そうか……」

「お前ほどの者に落度はないと、おいいなすったときにゃあ、仁三め、うれし泪《なみだ》を浮かべておりやしたよう」

「はて、爺《じじ》のくせに、よく目の見えることよ」

『鬼平犯科帳　十八』

＊

（部下を）賞めるときはみんなに聞こえるように大きな声で賞めるんだ。逆に、叱るときは、そばへ呼んで叱る。これはもう基本ですよ。叱ってもなかなかわからないやつがいる。そういうのはわざと大声で叱る。みんなにわかるように。だけど大きな声で叱ると参っちゃうのもいるんだよ、満座の中で恥をかいたというショックで。そういうのはやっぱり、そばへ呼んで、他の人に聞こえないように叱らなきゃいけない。

『新　私の歳月』

＊

また、部下がよくやってくれたから、ちょっとねぎらってやろう、そういう場合でも、いきなり「今晩、飯でも食おう」と誘うのがいいか悪いか、考えなきゃいけない。みんなそれぞれに私的な都合というものがある。上役に誘われたら若い人は友だちや恋人と約束があっても断りにくいでしょう。

概して人間というものは、すべてのことを正直に胸の中をいう人はほとんどいないんだからね。上に立てば立つほど、それは相手の目の動きで察しないといけないわけだよ。

『新　私の歳月』

第五章◉男の死にざま

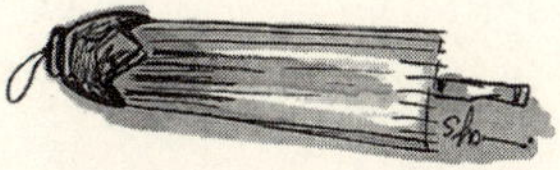

生きるにせよ、死ぬにせよ

信長は十四歳のとき、父の織田信秀に従い、はじめて戦場に出た。そのとき、

「父上。人間というものには、ただひとつ、生まれたときから、はっきりとわかっていることがありますね」

と、いった。

「ふむ、それは何か？」

「それは、死ぬことです」

「なるほどな」

「それだけが、はっきりと判っています。あとのことは、どうなるかわかりませぬ」

いくら、戦国の世のことではあっても、十四歳の少年が、このようなことを

考えていたことは、驚くべきことではないか。

『信長と秀吉と家康』

＊

皆さんよくご存じの真田幸村。あの人の初陣は十三歳。たった十三歳で馬に乗って槍を抱えて生きるか死ぬか……どうしても戦をしに行かなければならないのだから。そういうことを考えれば、いまと昔と、どっちがいいかといえば、いまのほうがいいにきまっているけれども、生命力の燃焼のしかたが違うわけだ。明日《あした》死ぬかと思うのと、明日死なないと思う今日《きょう》とは、今日が違う。

『男の系譜』

＊

「危難に遭遇したときは、まず、笑うてみよ」

と、横沢与七は（向井）佐助に教えた。

数人の敵の刃《やいば》や槍に囲まれ、

（もう、これまで……）

死ぬる覚悟をさだめたとき、与七は、

「まず、笑うてみよ」

と、いうのである。

笑えるわけのものではないが、ともかく、むりにも笑ってみる。

すると、その笑いが、おもわぬちからをよび起こしてくれる。

むりに笑った笑いが、

「なんの。ここで殪《たお》れてなるものか」

という不敵の笑いに変わってくる。

ともかくも、まず、些細な動作を肉体に起こしてみて、そのことによって、わが精神《こころ》を操作せよというのだ。


『真田太平記　五』

＊

死にのぞんだとき、自分の一生に後悔と心残りがある人ほど、

「死が苦しい」

と、いわれている。

これは、肉体的なものを指しているのではあるまい。

だが、むしろ、私たちが恐れているのは、死にのぞんだときの肉体的な苦痛

だ。短かいものならば堪《た》えられようが、長期間の難病に苦しむことだけは、何ともかなわない。

人間は、その願望あればこそ、本能的に、健康に留意するのだともいえる。

私も、五十をこえた現在までに、さまざまの人の〔死〕を見てきているが、どうも、なかなか、おもうようにはまいらぬようだ。

『男のリズム』

＊

ぼくだって死ぬことは怖い。なぜ怖いかというと、死ぬことは未経験だから。だれも経験したことがないから。だけど、今死んで心残りがあるかといわれたら、ぼくはないんだよ。たとえ今晩死ぬとしても心残りはない。

『男の作法』

＊

昔の人々は〔死〕を考えぬときがなかった。いつでも〔死〕を考えている。それほど、世の中はすさまじい圧力をもって、武士といわず百姓といわず商人といわず、あらゆる人間たちの頭上を押えつけていたのである。

現代でもしかり。人間ほど確実に〔死〕へ向って進んでいるものはない。しかし、現代は〔死〕をおそれ〔生〕を讃美する時代である。そして〔死〕があればこそ〔生〕があるのだということを忘れてしまっている時代なのである。

『私の仕事』

＊

出撃すれば、

「かならず死ぬ」

と、おもいきわめなくてはならぬ。

敵の艦隊を発見すれば、乗っている航空機と共に体当りをして戦死する。これが特攻隊なのであった。

「池波兵長。自分でも、よくわからないんだ。出撃する前から、どっしりと肚《はら》が据わっていて、死ぬことが、すこしも恐ろしくないときがある。そうかとおもうと、機へ乗り込む前から、死ぬことが恐ろしくて恐ろしくて仕方がなく、乗りこんだとたんに……笑っちゃあいけない。小便をもらしちまうことがあるんだ」

何度も出撃し、そのたびに、偶然、生き残って来た若い少尉が筆者に、そう語ったことがある。

「それが、その日の生理的なものによるのか、気分によるのか、健康状態によるのか……自分でもわからないんだ。そうした、いろんなものがいっしょになって作用するんだろうけれど、とにかく恐ろしいときと、ちっとも怖くないときとがある、死ぬことがね……」

『闇の狩人　上』

＊

×月×日

この秋ほど、知人・友人たちが多く死去したことは、私の一生に、かつてなかったことだ。いよいよ、私の人生も大詰に近くなってきた。この最後の難関を、どのように迎えるか、まったくわからぬ。怖いが興味もおぼえないではない。

『池波正太郎の銀座日記』

＊

「おげんきそうですね」

と、職人がいったので、

「この二十年間で、いまが一番、調子がいいんだけれど、こいつは何だね、ほら、ロウソクが燃えつきる前にパアーッと明るくなるというやつだよ」

そういったら、

「なあに、消えかけたら、新しいロウソクへ火を移せばいいですよ」

と、なぐさめてくれる。

『池波正太郎の銀座日記』

＊

「人の一生は永い短いではないのう」

「はい」

「どう生きるか、どう生きてきたかが、人の一生をきめる。わしなぞは、死神がそこまで迎えに来てから、はじめて、ああ、自分の一生は煙草の煙りのようなものじゃと思い至り、何のためにこの世へ生れ出たものか、つくづくと情ない気持がする」

『抜討ち半九郎』

人の生死《いきしに》は仮の姿

確かに内匠頭《たくみのかみ》という人は失敗を犯した。浅野の家を潰してしまったわけだから。

辛抱をすれば（刃傷《にんじょう》）事件も起こらなかったかも知れないし、家来たちを路頭に迷わせることもなかったろう。

だけども、そこで癇癪《かんしゃく》が爆発しちゃったんだな。それを内匠頭はばかだというのは、現代人が怒りを忘れちゃっているからだ。

殿様が怒って相手を斬りつけるというようなときは、その相手も切腹になれば、家来たちもみんなあきらめるんだよ。侍としては、どんなことがあるかわからないと思って、その覚悟で仕えているんだから。

内匠頭の身になって考えれば、それは残念だったろうと思う。だけど、男の意地というものがある。それが爆発しちゃったんだからしかたがない。現代の人間は意地を忘れ、怒ることを忘れているから、ばかだと思うんだよ、内匠頭のことを。
内匠頭の辞世の句、知ってるだろう。あれ一つ見ても、内匠頭という人が察せられるじゃないか……

風さそふ花よりも猶《なほ》我はまた
春の名残をいかにとやせん

『男の系譜』

＊

人間のやったことを振り返ってみると、あとになればなるほど理屈はつく。また理屈をつけて考えてみたくなる。なぜそうするかといえば、そうでないと安心できない。自分が安心できないからです。しかし、本当のことはわからないわけです。忠臣蔵についても、当時、いろんな人が論評したでしょう。その論評のトータルをみれば、当時の人がどう考えていたかは、わかるかもしれません。でも、(大石)内蔵助がなぜ討入りの直前まで女を買っていたかということまではわからない。理屈では割り切れない面があるわけです。人間を計り切るという物差しはないわけで、おそらく内蔵助自身に訊いてみても、納得のいく答えが得られるかどうか疑問です。

『戦国と幕末』

＊

「……申すまでもないことだが、おれは、堀部安兵衛殿が松平屋敷で切腹なさるところを、この目で見たわけではない。なれば、おれのこの胸には、生きている安兵衛殿の姿、顔しかおもい浮かんではこぬ。ゆえに、いまもって、安兵衛殿が死んだとはおもえぬのだ。安兵衛殿のことをおもうとき、人の生死《いきしに》は、まこと、仮の姿としか考えられぬときがある。その後も、おれはな。この胸の中《うち》に、いつまでも生きていてもらいたいとおもう人の死目《しにめ》には、わざと立ち合わぬことにしてきた。ために、生きた姿のままで、おれの胸の中にしまいこまれている人びとも何人かいるのだ」

『おとこの秘図　上』

＊

「久栄《ひさえ》。よし、おれが身に万一のことがあっても覚悟の上ではないか。男には男のなすべきことが、日々にある。これを避けるわけにはまいらぬ……」

「はい……」

「たとえ、このまま、この座敷に、お前とさし向いに、何年も、すわり暮していたとしても、いずれは、どちらかが先へ死ぬるのだ。いずれは、お前と死に別れをせねばならぬ。たとえ、それが二十年先のこととしても、まことに、あっという間のことよ」


『鬼平犯科帳　九』

＊

老いてからの二十年は、若いころの二年にも相当せぬ。

世間も、人のこころもわからぬ少年のころや、世の中の風波が身にせまってきて、わけもわからぬのに精一杯、これに逆らい、無我夢中ですごした明け暮れの重み、その充実は、いまにして想うと、

(いつ、死んだとて悔いはない……)

としながらも、主治医に長命を約束されれば、玩具や菓子をあたえられた子供のようによろこぶ自分が、

(なさけない。あさましいやつ……)

に、おもわれてならぬ。


『おとこの秘図　下』

大往生の構図

（おれの一生も、さして、おもしろうはなかった……）
死を前にして、想い浮かぶのは、自分が抱いた何人かの女の肌身のことのみなのだ。
（男の生涯とは、つまるところ、これほどのものなのか……）
『真田太平記　十二』

＊

健康であった（葛飾）北斎も嘉永二年（一八四九）四月十八日に大往生をとげた。
浅草聖天町遍照院境内の仮寓《かぐう》に、娘お栄にみとられて、彼は死んだ。
医者が薬を出すと、

「おれは老病だから薬石の効はないよ」と言い、お栄には、

「あと十年生きたいよ。ほんとに今死ぬのはいやだ。あと十年やれば、もう少しましな絵描きになれるのになあ」

何度も何度も、こういった。

いよいよ息を引き取るときにも、

「あと十年、あと十年……」とつぶやき、更に、

「五年……五年でもいい。五年あれア、何とか一人前になれるのになあ」

死にのぞんで、たった一人の娘に訴えた言葉だ。ハッタリもなければ嘘もあるまい。

このおそるべき、自分の仕事への執念の凄まじさに圧倒される。『若き獅子』

＊

「平八郎に、こうつたえてくれ。よいか……男というものは、それぞれの身分と暮しに応じ、物を食べ、眠り、かぐわしくもやわらかな女体を抱き……こうしたことが、とどこおりなく享受できうれば、それでよい。いかにあがいてみても人は……つまるところ男の一生は、それ以上のものではない。人にとっ

て、まこと大切なるは天下の大事ではのうて、わが家の小事なのじゃ。このように、わしが申していたとつたえてくれ、よいかや」

『さむらい劇場』

＊

死をおそれぬものは、自己のあらゆる慾望に淡泊である。

ために、敵からも味方からも信頼をうける。

この意味で、西郷（隆盛）は、新時代の姿を夢みる詩人であったともいえる。

幕府を倒し新政府をつくりあげようという理想に生き、その理想を実現するためには、命なぞ少しも惜しまぬというわけだ。

ところが、でき上がった新政府は、西郷の理想からほど遠いものとなった。

だから、西郷は、自分をかつぎあげた郷土の壮士達のいうままにうごき、そして死んだのである。


『霧に消えた影』

第六章◉世間というもの

忠義と虚栄

「おことは、三日月を仰ぎ、我に七難八苦をあたえよと祈られると聞いたが、まことか？」

織田信長が、山中鹿之介に言った。

「わが力のあらんかぎりをためして見ようと考えまして……」と、鹿之介は答えた。

「ふむ。奇特なことよの」

信長は感心して見せたが、後になって（羽柴）秀吉にこうもらした。

「空に浮ぶ三日月どのは、いくら祈ったとて鉄砲も金銀も、出してはくれまいにのう。あやつ、不思議な男じゃ」

「御家にほしき人物でございまするな」

「ふむ。なれどあやつは、ただもう、おのれの力をもって出雲《いずも》を攻めとり尼子の忠臣として名をあげようという……」

「なれど、それはあまりに……」

「ふむ。鹿之介は、ただひたすらにおのれを捨て、主家のためにつくそうという心、それのみじゃと申すのか。あまりにも美しい忠義の志の底には、本人がそれと気づかぬ虚栄の心が間々ひそんでおるものじゃ。筑前にわからぬ筈はないがの」

『黒幕』

＊

「人間、落ちるところへ落ちてしまっても、なにかこう、この胸の中に、たよるものがほしいのだねえ」

「たよるもの、ねえ……」

「いえば看板みたいなものさ」

「かんばん、かね……？」

「人間、だれしも看板をかけていますさあね。旦那のお店にもかけてござんしょう」

『にっぽん怪盗伝』

「人のこころの奥底には、おのれでさえわからぬ魔物が棲《す》んでいるものだ」

『鬼平犯科帳　十』

＊

「ま、とにかく、維新のさわぎのときは、何がどこまで本当のことだったのか、わかるものではございませんよ。その真実の姿を突きとめようとすればするほど、混乱してしまいます。

さようで。人間のこころというものの表と裏。こればかりは、とてもとても計りきれるものではございません。ましてや、その人間がたくさんにあつまり、たくさんの表と裏がからみ合っていたわけですから、その恐ろしさというものは、私のような凡人には、とてもわかるものではないのですよ」

『その男　二』

言葉と真実

「伝言と申すものは、正直に伝わらぬものゆえ、一語の狂いがあっても自分の心がとどかぬことになる」

『真田太平記　七』

＊

しかし、人の言葉というものも、まことにたよりないものなのだ。なまじ、言葉に出してしまったがために、その自分の言葉に責任《せめ》を感じ、おもわぬ方向へ自分が歩き出してしまうことさえある。

また、おのれが吐いた言葉の消滅を願うあまり、知らず知らず、わが身を破滅させてしまうこともある。

また、そのために、かえって栄達や幸福をつかむこともある。

『真田太平記　五』

＊

「いえ、いかに文明開化の世がやって来ようというときでも、人のこころなぞというものは愛憎のおもいから一歩もぬけ出すことができるものじゃあございません。

愛憎のおもいというものがわいてこぬ人は、もう人間じゃあない。そう考えますねえ。よろこびも憎しみも、そして悲しみも、みんな上《うわ》の空《そら》というやつ。こういう人間は、どうも私どもにはぴったりとまいりません」　『その男　三』

＊

西郷の場合は、不平不満の士族たちを、大久保(利通)のようには切り捨てられない。むしろ、彼らの不満というものを全部、自分が一身に引き受けてしまう。結局そのために西郷は死ぬことになる。

もし、西郷隆盛が生きていて、明治維新前夜の秘密をしゃべったら、今の歴史なんか一変しちゃうようなことがあったに違いないと思いますね、ぼくは。

『男の系譜』

＊

「だいたいね、貸してやりたいと思うような人は借りに来ないよ（笑）、うん。だから、人が金を借りに来たら、その金がどういうわけで要るのか、そこのところをよく確かめてからあれしないとね。競馬の尻ぬぐいなんかしてもしようがないだろう。またやるんだもの。金を貸すことによってね、かえって物事がまずくなってしまう場合もあるんだよ。貸した金の使い途《みち》に自分が納得できるなら貸してやればいい」

『新　私の歳月』

＊

ひとりで旅へ出ることは、おのれを知ることになる。

つまり、見も知らなかった人びとが自分に相対しての口のききよう、表情のうごき、態度の変化などによって、

（ああ、自分は、この人にこうおもわれているのだな）

ということがわかる。知合いの人たちではこうはいかぬ。まったく見知らぬ人のゆえに、その反応によって、われわれは、自分自身をたしかめることがで

きるのである。

＊

晩年の(山田)次朗吉は防具をつけ、竹刀をとっての稽古はやらなかった。しかし、木刀をとっての〔法定〕や小太刀、刃挽きの型については門人たちに稽古をつけた。門人たちの言葉によると、

「平素は温顔あふるるばかりの先生が、木刀をとって道場へ立たれると、豪快壮絶、鬼気せまるばかりで、観ているものも、慄然《りつぜん》として膚えに粟を生じた」

とある。

ある人が、このことを次朗吉にいうと、

「そうですか。そんな顔になっていますかねえ。だが、そりゃ相手に向けて、そんな恐ろしい顔をしているのじゃアない」

「え？」

「相手の剣、相手の顔にうつる私自身に対して、そんな顔つきをするのでしょうよ」

「ははあ……」

「剣道ばかりじゃない。たとえば人と人が、こうして向い合って話し合っているときでも、人は相手に自分をみながら話しているのでねえ。まあ、無意識のうちにだが……」

と、次朗吉は微笑し、

「たとえば、相手と話していて、こいつ、いやなやつだとか、いいやつだとか、嬉しいとか、憎らしいとか、こういう感じをうけましょう?」

「はい」

「それは自分のいやなところ、憎らしいところ、嬉しい気持が相手に映っているんですよ」

「そういうものですかな」

「そういうものですねえ」

『霧に消えた影』

情なくしては、智は鈍磨する

「こう長く生きてみて、むかしの日本といまの日本とが、どうちがうか、とおっしゃる?……さよう、むかしはその、もっと人間の血が熱うございましたね。ま、こうして文明が発達してまいりますと、なにしろあなた、人間が飛行機とやらいうものに乗って、鳥と同じように空を飛ぶというのですから大したもので。

そのかわり、人間の血が冷えてしまいました。つまり自分《てまえ》がよければ他人はどうでもいいという……ですが、血が熱くなりすぎても困るのでございますよ。

ここのところの〔かね合い〕というものを、われわれのためにとってくれるのが〔政治〕なのでございましょうね」

『その男　三』

＊

現代《いま》は人情蔑視の時代であるから、人間という生きものは情智ともにそなわってこそ〔人〕となるべきことを忘れかけている。情の裏うちなくしては智性おのずから鈍磨することに気づかなくなってきつつあるが、約二百年前のそのころは、この一事、あらためて筆舌にのぼせるまでもなく、上流下流それぞれの生活環境において生き生きと、しかもさりげなく実践されていたものなのである。

『鬼平犯科帳　二』

＊

東京の、近ごろの若い夫婦は、正月の御供えも飾らぬそうな。年の暮れも正月も、単に休暇とボーナスが出るだけのよろこびで、風致の破壊と共に季節もわからぬ三百六十五日を送るのみとなりつつある。

正月の食卓にトマト・サラダが出るのだから、どうしようもない。

『味と映画の歳時記』

＊

人間は、大自然の運行に対して、もっともっと考え直すべきだ。そうでないと、人間の未来はないといってよい。

『池波正太郎の銀座日記』

＊

いったん膨脹したものは元には戻らない。今の世の中をごらんなさい。何もかもが、あまりにも膨脹してしまって、結局、昔のものというのは全部なくなってしまった。何でも新しくなっているわけでしょう。

終戦後、高度成長のおかげで国民の生活は豊かになった、便利になったというけれど、同時に、二度とあと戻りできないものに膨脹してしまった。これは恐るべきことだよ。

『男の系譜』

＊

この頃の家には、ドアというものがやたらとあるんですけれども、あれも収支の感覚からいうとまちがいです。狭い家には開き戸なんてもっとも邪魔なんです。開く部分には箪笥《たんす》もおけないしね。ぼくの家は全部引き戸です。ある部屋なんか四重の引き戸ですよ。

日本人は、戦後、そういう狭い国の狭い場所に発達した細かい知恵を余りにも忘れすぎたね。

『新 私の歳月』

＊

それはそうと、この三、四年に政治・経済から、たとえば一劇団のような団体に至るまで、間ちがった伏線を張っていたものが、一つ一つ地表にあらわれ、壊滅する傾向が目立ってきた。

(長い目で見ていると、人間のやることには付けがまわってくるものだな)

と、おもわざるを得ない。

よきにつけ、悪しきにつけ、

「かならず、伏線は生きてくる……」

ようにおもわれる。

『私の仕事』

政治家と官僚

政治は如何《いか》なる形態によって行なわれようとも必ず権力がつきまとうし、権力には必ず汚職があり、汚職はまた必ず乱を呼ぶ。

そして権力者というものは絶えず世評を怖れ、いつどんなときにおいても人気者になっていたいものなのだ。

また、それが繰り返され後を断たないから種々な人間の個性やドラマが歴史をいろどることにもなるのだろう。


『若き獅子』

＊

政治というものは、汚いものの中から真実を見つけ出し、貫いて行くものでしょう。それを「政治は正しい者の、正義の味方だ」というようなことをいっても、ぼくは全然信用しない。そういうキレイごとがあり得るとは思わない。

どんな人が政権とっても、古今未来、何千年何万年たっても、そういうことがあり得るはずがない。「正義の政治」だの、「清潔な政治」だなんていう政治家は絶対信用しないね。汚いものの中から真実を通してゆく、それが政治家なんだ。

『男の系譜』

*

まったくお粗末になっちゃった、このごろの政治家は。すべてがそうではないが、大半は政治家と呼ぶにも値いしない、とぼくは思うね。少しは歴史を研究して(加藤)清正や(徳川)家康の人物を勉強するといいんだよ。この両者の虚々実々の駆け引き、そこに政治家の一つのありかたを見ることが出来るんじゃないか。

党利党略とか、党内での派閥争いとか、それだけでしょう、現在《いま》は。これは、どの党を見ても全部同じだよ。だから、日本の政治の全体がすっかりおかしなものになっちゃっている。内政も駄目。外交も駄目。ビジョンもなにもあったものではないし。(夏の陣で)亡びる前の大坂方と同じだね、いってみれば。

『男の系譜』

＊

「いまの東京の緑は、車輛とマンションとビルに追いはらわれてしまった。夏の涼風までも消えてしまった」

「ほんとうに、風が来ませんねえ」

「緑がある空間にこそ、風が生まれるのだからね」

「もっとも、夏は冷房がありますけど……」

「冷房は、夏に冬をむりやりによぶだけのものさ。人間の躰《からだ》が狂ってしまう」

「日本の都会が緑に埋まるようなことって、もう、ないんでしょうか」

「木々の緑はカップ・ラーメンとはちがうよ。大自然が失ったものを取りもどすまでには二十年も三十年もかかる」

「でも、東京にいる政治家や役人は、みんな田舎から出て来たんでしょうに……」

「あの連中は、自分の故郷にさえ、緑があればいいという考えなのだろうよ」


『新　私の歳月』

＊

多勢の官僚が、

「食べて行くため……」

には、仕事をあたえなくてはならない。

仕事をあたえるために、むだな仕事をつくる。

そうしないと、官僚自身の体面をたもつことができぬし、俸給を出す理由も見つからなくなってくる。

『闇の狩人　下』

＊

官僚の社会というのは、自分の生命をかけて何かをするということじゃない。いかに自分の生命を長引かせるかということのために何かをする。それが官僚の本性なんだ。

『男の系譜』

新しいものと古いもの

持続ということは美徳だったわけです、つい十年くらい前までは。物事を持続するということが立派な美徳だった、人間の世界の。それがなければ、努力の積み重ねというものも意味をなさないんだから。

世の中というものが持続して行くから、一所懸命に働いてお金も溜めるし家も建てようと頑張る、一般の人の場合。それが、こういう世の中になっちゃって、いつ何がどうなるかわからない時代。どこでも、世界的にそうなってしまった。だから、持続しなければいかんということが全体的に失われてきているんだね、あらゆるところから。

持続するということに対して、いろんな反応があるけれども、どうせ持続しやしないんだからと諦めてしまっていたり、いつどうなるかわからないのなら、いまのうちにと思ってガブガブやっちゃったり……いろんな形で持続するということを世の中すべて認めなくなっているわけですよ。そういう世の中になっちゃった。

『男の系譜』

＊

だが、これだけはいっておこう。

新しい新しいといっても、究極の新しいものというものは何一つないのだ。

新しいものは、古いものからのみ生み出されるのである。

科学と機械の文化・文明のみが、いかに新しくなっても、食べて飲んで眠って、しかも排泄をするという人間の生理機能は、古代からいささかも変っていないのだ。

『散歩のとき何か食べたくなって』

＊

このように書きのべてくると、いたずらに古いものをなつかしみ、それを追いもとめているようにおもわれようが、それでは、新しいものは何かというと、それは、だれもが知りつくしている味気ないものなのである。

その味気ない新しいものしか知らぬ世代のみの時代がやって来たときは、味気もない世の中になることは必定なのであって、そうした世の中に慣れきった人びとは、味気なさをも感じることなく、さらにまた、新しい時代を迎えることになるのだ。

そのころは、むろん、私どもは生きていない。

『散歩のとき何か食べたくなって』

＊

「日本人は、新しい芽が出ると、つまんでしまいます。いくら強い良好な芽でもね」

『剣客群像』

第七章◉歴史のドラマに学ぶ

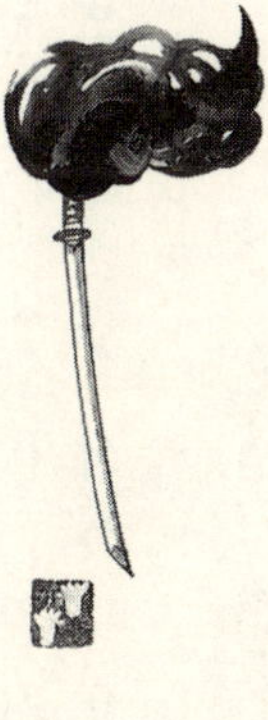

戦国の巨星たち

(織田)信長は、最初から大きな家の息子じゃなしに、いわば最初は小さな十人か十五人の会社の社長みたいなものだった。そのときの独裁をそのまま持って行けたから、あそこまでやれたんで、これが足利義昭と違うんですよ。

足利義昭なんていうのは、本来が大きな家に生まれて、天下とろうと思ってあっちこっちやったけど、やっぱり足利資本という大枠にはめられてしまうから、なかなかそういうことができない。しかも実力のない資本。名義だけの社長だし、まあ、何か大きなことをやれる人じゃないけどね。

信長は、小さい資本で始めたから、かえっていろんなことができた。信長自身、その点をよく知っていてね……だから非常に緻密《ちみつ》で細心で、民政に対しても気を使っている。

『男の系譜』

信長は短気だったでしょうね。だけど、短気と同時に精密に深く考えることもできた。両方できた。短気というのは一時カッとして道を見誤る。信長は、そういうことはなかったんじゃないかと思いますね。逆上して道筋を見失うというのと違うんだ。信長の思う道筋と、一般の人の常識的に思う道筋とが違うということで……。

『男の系譜』

＊

城攻めのとき、これはもういかんということになると、よく城内から手引きする者が出る。それはそれで利用しておいて、城を攻めると直ちに内通者も斬ってしまう……これは信長が最も多い。その次にきびしいのが（徳川）家康で、（豊臣）秀吉が一番ゆるやか。「よく内通してくれた……」と自分の懐に入れてしまう。

『男の系譜』

＊

＊

若いうちから天下を取ろうという野望を燃やしたやつは駄目です。家康にしても若いころからそんなことは考えていない。それまでの積み重ねで、時期になってパッと花開くわけですからね。秀吉にしても、信長が生きているうちから天下を取ろうと内心思っていて、いろいろ下の者を懐柔したり、人心を自分にひきつけようと画策したりしたら、そういうことは必ず見つかってしまうわけですよ。彼奴《きゃっ》は油断のならないやつだということになってしまう。

だからね、行く手の望みだけが目に映っていて、そこまでゆく過程というものを全然考えないでやる、そういうのは結局どうにもならない。毎日まいにちの積み重ねなり、そのときどきの生きがいというものが積み重なって、実力がそこで知らず知らず蓄えられて、それが機会を得たときに花開く、そういうものですからね。

秀吉の場合も、家康の場合も、みんなそうなんだ。現代でもみんな同じだと思いますね。

『男の系譜』

＊

「むかしなあ、まだ筑前守《ちくぜんのかみ》（秀吉）どのが信長さまの足軽で、御馬の後について駆けまわっていたころのこと。筑前守どのは、立身をしようとおもえば余人《ひと》の三倍は働らかねばならぬと、おおせあったものじゃ。

それも、ただ、汗水ながして働いただけでは、とうてい余人を追いぬいて先へ立つことはかなわぬ。躰《からだ》のみか、頭も余人の三倍はつかわねばならぬとおおせあってな。それはもう、日中は、あれほど身を粉にして奉公なされた上、家へもどって日が暮れれば、毎日、かならず机に向い、書物を読み、手習いをなされた。そうして、いつの間にか、空が白んでくることも数えきれぬほどにあったものじゃ」

若いころの豊臣秀吉は、三時間か四時間もねむれば、「じゅうぶんだ」と、妻のねねにいったそうな。

そしてまた、

「こういうまねはな、ねね。若いうちでないとできぬのじゃ。三十路《みそじ》をこえて見ろ。そのようなまねをしたら、とても躰がもたぬ。なればこそ、いま、おれはやっている。人の三倍も四倍もはたらいている。これが、おれの行末《ゆくすえ》にうまくむすびつかぬはずはない。もっとも御屋形様（信長）が、戦《いくさ》に負けて討死でもせぬかぎりのことだが、な」

とも、いったのである。

『忍びの女　上』

＊

信長は、ときに四十九歳。

あと十年、この人が生きていたなら、日本の歴史は大きく変わっていたろう。そして、その影響は、なんらかのかたちで、現代に生きているわれわれにも、伝わっていたにちがいない。

こうしてみると、人間の生き死には、何かのかたちで、後の世の人に関わりあいがあるものだ。一つの家、一つの家族の歴史にはそれがある。

『信長と秀吉と家康』

＊

初代家康は、周知のごとく天下を治めるに寸分のすきもない適任者である。

二代秀忠も家康の薫陶をうけ、父家康の苦労とともに成長した謹厳な将軍である。

三代の家光――これは、いろいろの風評もあったが、何よりも家康時代からの譜代の重臣たちが生き残っていて、内外の政治にきびしい目をみはっていたから、家光は、将軍として首都の発展、諸国の統制に、あまり汚点を残してはいない。

ところが、これらの幕府創成に当って、家康とともに苦労をしてきた人びとが消えてしまうと、ようやくに〔ゆるみ〕が来た。

人の一生、家族家庭のなりゆき、一国の歴史——すべてはこの順序によってくり返される。

それはまたおそろしいほどに、くり返されて行くのである。

徳川幕府は、汚濁にまみれつつ十五代まで存続した。

いかに初代家康のまいた種が優秀なものかが知れよう。

『霧に消えた影』

信義と誠実

（織田）信長なら、約束をやぶったところで、平然と（山中）鹿之介を諸人の眼前において、処刑してしまったろう。

しかし毛利家には〔仁慈〕の家風がある。

戦乱の世を切りぬけるためには、敗者をいつくしみ、これを手なずけ、害意を去る……ことが、もっともたいせつなことだと、亡き毛利元就はいいのこしている。

あれほどに、すさまじい謀略を駆使して中国一帯を制圧したのち、毛利元就が得たものは実に、この〔仁慈〕のこころであった。

『英雄にっぽん』

＊

武田信玄は、

「人は城であり、石垣であり、濠《ほり》である」

といった。

このことは、耳に胝《たこ》ができるほど、佐平次も父・猪兵衛《いへえ》から聞かされている。

向井猪兵衛は、信玄が亡くなったのちも、これを、

「御屋形様《おやかた》」

と、よんだ。

そして父・信玄の跡をついだ武田勝頼を、

「当代様」

と、いった。

「御屋形様はな、領民に慈愛をかけさせ給い、領民のこころを武田家のものとなさった。つまり、領民こそ、武田の御城じゃと、このようにおもわれてござったのじゃ」

猪兵衛は、感動をこらえきれぬように、そういったものだ。

充実した民政なくしては、

「戦もできぬ。敵の侵略をふせぐこともならぬ」

これが武田信玄の信条であって、事実、この戦国大名は、それを実行した。

『真田太平記　二』

＊

前年（天正九年＝一五八一年）の十二月。武田勝頼は古府中から新しく築いた新府の城へ移った。織田・徳川の連合軍を迎えて、とうてい、古府中ではこれを支えきれぬと看《み》たからだ。

勝頼の父・武田信玄は、敵軍が自分の本拠へ攻め込むのをゆるしたなら、それは、

「もはや、負けたも同然である」

と、いった。

「守るよりも、出て戦い、外に戦うことによって内を守る」

これが信念であって、信玄は生存中、只の一度も、敵が古府中に入るのをゆるさなかった。

ゆえに、古府中には城がない。

城構えの居館はあるが、もちろん、戦闘には耐えきれぬ。もしも敵が攻め込

んだ場合は、近くの要害山へのぼって戦うことになっていたけれども、信玄は、そうしたことを夢にも考えていなかったろう。

『真田太平記　一』

傑出した人物とは

大石内蔵助という男は、私も調べてみて驚いたのですが、大変に女好きなんです。江戸に来てからも、討入りの直前まで比丘尼《びくに》女郎を買ったりしている。それが、不自然でないのですね。非常に自由自在な人間で、おそらくあの事件が起きなければ、色好みの家老として平々凡々の生活を送って一生を終ったでしょう。本人も、それを喜んだでしょうね。しかし自分が事を処さなければならない立場に立ったとき、断乎としてやり遂げたということは、自分でも知らなかった隠された力が出たということでしょう。

『戦国と幕末』

＊

薩長の、さらに〔四藩同盟〕の推進力となった土佐の坂本竜馬は、

「天下に志あるものは商業の道へ邁進《まいしん》すべし。この道には、刀も要らず、流血

の惨もなし」

と、いった。

革命末期になると、このような傑出した人物があらわれてくるものだ。そして、その人物が動乱のしめくくりをつけることになる。

『西郷隆盛』

＊

たとえば明治維新でも、西郷隆盛、木戸孝允、大久保利通、これは初めから今日考えられているような人間だと思っている人がいる。それは間違いで、時代が急激に変ると一、二年で、人間はたいへん向上する。それは大変な変化をします。伊藤博文なんて、若い時には猿みたいなクチャクチャの顔で、薄汚い奴で、人も殺している。暴力志士、暴徒ですよ。それが明治新政府になって、西郷や大久保が死んで、総理大臣になったときから全然、別人のように変っています。人間というのは、そこがむずかしい点です。

『戦国と幕末』

＊

西郷という人物は、この動乱期の立役者になろうとか、最後まで生き残って出世をしようとか、名誉を得ようとか、そんな気持がみじんもないのだ。事に当って計算をしない。自分が死んでも、これだけはやるべきだと考えたら、いささかのためらいもなく死地へ飛びこんでしまう。

『西郷隆盛』

＊

いつも、西郷の思考・行動は正論であろうとする。正論は、いつの世にも容《い》れられぬ。そのころから百年を経た現代では〔正論〕が「子供っぽい」といわれるそうだ。

『西郷隆盛』

＊

大久保利通は、維新動乱のときから、権謀術数に生きぬいてきた政治家である。

冷静で、一時の恥辱をも行手《ゆくて》の成果を待つためには、あえて忍ぶ、というところもある。

陰謀にも長《た》け、それだけに神経も細かく、するどい。

征韓問題で、西郷と対決したときの大久保を評して、西郷は、こういっている。

「一蔵どんな、策をもちいることが習慣《くせ》になってしもうたようじゃ」

大久保利通の悲劇は、ここに在ったといえよう。

ただし、その策謀は、大久保自身の栄達と欲望にあったのではない。

あくまでも大久保は、明治維新の責任者の一人として、日本を近代国家の一員に育てあげるために、はたらきぬいたのである。

ただ、そのためには、

(どのような事をしても、あえていとわぬ)

という、孤独さと暗さがつきまとっている。

『その男　三』

＊

「私邸と申しても、そりゃもう、実に粗末なものでごわした。安建築のため、壁の砂が座敷へ落ちて来たり、ねずみどもが巣をつくったり、とても、今をときめく政府最高権力者の住居ともおもえなかった」

大久保(利通)の私生活は清廉そのものであり、西郷以外の明治大官の中で、こうした政治家は大久保のみであった、といわれるほどだ。

大久保が死んだとき、遺産は、わずかに、三百円ほどしか残っていなかった。

『その男　三』

第八章◉男と女の勘ちがい

男から見た女

女というものは、ちょっと見つめられたり、親切にされたりすると、妙な勘ちがいをする生きものなのである。

『おとこの秘図　下』

*

「これ久栄《ひさえ》。女というものは、他家へ嫁いでも実家のことを忘れぬものだそうな。おれは亡き父上から、このことをつくづくといいきかされ、おぬしを妻に迎えてより十五年余、このことをいささかも忘れずにいたつもりだが……ちがうかな」

『鬼平犯科帳　四』

*

女というものは結局、自分本位の考えかた、生きかたという面において強い

わけだから、自分の女房にする場合にまず考えることは、

「女の中では、ほかのことにも割合に気がまわる女か、どうか……」

ということです。そういう女なら一番いいわけですよ。それはどういうことかと言うと、たとえて言うならば、

「公衆電話にいて、人が待っているのもかまわず延々とやっているような女は駄目」

なんですよ。

そのときにだね、

「あ、いま後ろへ人が来ましたから、これで失礼をいたします……」

とか、

「公衆電話ですので、またあとでおかけします……」

とか言うような女だったら、まず間違いない。一事が万事だから、電話に限らず、たとえて言えばそういうことなんだ。だから、そういうところに気がつく女が一番いいわけです。


『男の作法』

*

「いやはや、人の勘ちがいというものは、万事こうしたものなのだ。ことに男と女の間なぞは、他人が見るとき、先ず大間ちがいをしていることが多いものさ」

『鬼平犯科帳　六』

＊

（長谷川）平蔵が（岸井）左馬之助に、こういった。

「あのおたみにな、おれに毒を盛った亭主の罪を何とおもう……と、こう訊いてみたところ、殿さまには申しわけございませんが、何事も女房の私ゆえにしてのけたことゆえ、私は、うれしくおもっております、と、こういった。いかにも女さ」

『鬼平犯科帳　九』

＊

毎日、神経を一点に集中し、昨日も今日も変りない美味《おいし》さで料理をつくることが、実は、生理的・体質的に、女にはむりなのである。

女の血は、現実にのぞんでたちまちに変り、うごく。

家内なども、何かおもしろくないことがあって、むしゃくしゃしているときなどは、塩加減も何もあったものではない。

今朝の味噌汁は昨日の味噌汁ではなく、昨日うまくたけた飯が今日はまずい。

これが、男から見た女だ。

女から見た女は、また別のものになるのであろう。

『食卓の情景』

＊

会社という組織においても、女の治めかた、女というものの本質をよく心得た上で、いい気持ちで働いてもらうように気ばたらきをきかせる。それは女房に対してでも、部下の女子社員に対してでも、結局は同じことですよ。

ただねえ、人によっては優しくされるとすぐ高慢になっちゃう場合がある、女っていう生きものは。芝居でも女優を使うのはそこがむずかしいんだ。女は男のお世辞と甘い言葉を最も好む生きものなんだよ。

だから、一回持ち上げておいたらいいんだよ。それで高慢にならない女を重要視してどんどん仕事をまかせればいい。女は一回試せばすぐわかる。

『新　私の歳月』

「それにしても、女という生きものは、まったくもって、しぶとく生きるものよ。女は強い」

『乳房』

＊

女という生きものは、何事につけても、

「よいことのみ……」

を、おもっている。

先の見通しなどは、ほとんどもたぬ。

すべての女が、そうだというのではない。

しかし、それが女の本性なのだ。

たとえ、それが真実であっても、

「悪《あ》しきこと……」

には、強《し》いて目をつぶろうとする。

すべての物事を、

「よいように、よくなるように……」

と、おもいつめる。幻想を抱く。

それがまた、女のよさでもあり、物事をわきまえぬ強さなのでもあろう。

『真田太平記　十二』

＊

「いやはや、女の嘘はおそろしいのう」

「そこまで、女は考えていなかったのでございましょうか？」

「そのとおり」

「わかりませぬなあ」

「女とは、そうしたものなのだ。嘘をついているうちに、その嘘が真《まこと》のものになってしまい、前後の見さかいも何もなくなり、無我夢中となる」

「ははあ……」

実直な佐嶋与力の顔へ微笑をあたえつつ、平蔵が、

「おのれの嘘が、すぐに露顕をするか、せぬか……それがわかるような女は、先ず千人に一人というところであろう」

「千人に一人……」

「この世の中は、嘘つき女であふれ返っているのじゃ。あは、はは……」

『鬼平犯科帳 二十』

＊

「何事につけ、女が、おとなしくしているのは当座のことよ。女は盗賊よりも恐ろしい生きものじゃ」

『鬼平犯科帳 二十二』

＊

女が、驕慢《きょうまん》の頂点へのぼりつめてしまうと、もう決して、わが身のことをかえりみなくなる。物事が正しく見えなくなっちゃうんだな。自分中心で。自分の目先のことしか見えなくなって。大局を見るなどということはまったくできない。これは、まあ、女性の特質なのだけれども……。

『男の系譜』

＊

一般的に奥さんのところから男を奪うということになった場合、果たして本当に幸福かどうかということ、これはやっぱり女の人にもよくよく考えてもらいたいことだね。というのは、妻ある人を自分が奪《と》ったというのを、それはもうはっきり覚えているわけだから、いつ、ほかの女が出て来て自分から男を奪られるかということが絶えずあるわけだ。

だから、自分のものにしても、いつ、だれに奪られるかもしれないという不安があるから、絶えず目を光らすことになる。そうすると、これはまた不幸なんだよ。光らすほうもやっぱり神経をつかわなきゃならないし、男もたまらないやね。

『男の作法』

＊

最近、急速に離婚がふえているというでしょう。もう日本も離婚率はアメリカ並みだという話もある。しかも近頃は女のほうから離婚を申し立てる場合が多いんだよ。そういうことを聞くたびに思うんだが、男もそうだけど、ことに女は我欲を持ったら絶対しあわせになれないね。我欲。これは六十年間ぼくが生きてきて、いろんな女を見てきて、つくづくそう思うんだよ。絶対だめだ、女が我欲を持ったら。男だってそうだけどね。

『梅安料理ごよみ』

私は、小説だけで生活するようになってから、十余年になるが、何日も家にこもって仕事をしているとき、無意識のうちに、何度も衣服を着替えていることに気づくことがある。

そうして、はじめて、子を育て家事を切りまわして余念なくはたらき、一年を送りつづける女たちのこころが、なにか、わかったような気もしている。

彼女たちの生活に、あれほど大きな位置をしめている衣服への関心は、やはり一つの気分転換として、ぜひとも必要なことなのであろう。

「だれに見せるために……」

でもなく、それは彼女たちの生活と人生に欠くべからざるものだ、ということがよくわかるようにおもえる。

『私の仕事』

＊

運命の赤い糸

北政所《きたのまんどころ》は（豊臣）秀吉の子を一人も生んではいない。当時の女として、子を生めなかったことは不幸でもあったろうが、そのかわり、北政所は、ともすれば女性が我子への愛におぼれて自己中心の思考や言動に走りがちな短所がなく、むずかしい男たちの世界へも、ひろい心と冷静な眼をもって入って行けた。

ゆえに、夫の秀吉が亡くなると、

「太閤殿下の妻としての、自分のつとめは終った」と、おもいきわめ、秀吉歿後の政局や、複雑な相互関係から、あっさりと身を引き、京都の別邸へ入り、しずかに秀吉の冥福を祈っている。

『忍びの女　上』

＊

おまさは、亭主が好きで好きでたまらないのだ。湯屋にも、仕事以外の外出にも必ずついて行く。暇があれば、たゆむことなく賃仕事に精を出し、稼いだものは、みんな亭主へ「少しでもおいしいものを……」と、いうことになる。

いつでも伊之松と一緒なら死ぬ覚悟だし、亭主が自分を裏切ってほかの女に手を出したりすれば、もちろん死ぬ覚悟なのである。

男たるもの、これだけ女房に惚れられれば本望というべきであろうが、

(どうも、息がつまってきた……)

その伊之松の嘆息も、男なら、わからぬものではない。『にっぽん怪盗伝』

＊

(徳山《とくのやま》)重俊は眼をとじたが、やがてうっすらと笑い、

「そち、あれから大分に世の中を見てまいったようだの?」

「は――」

「かくすな。面《つら》つきにあらわれておる」

「……」

「女の苦労もつんだと見ゆるわえ」

(徳山)五兵衛は思わず眼をみはった。

「ふ、ふ、ふ……」

重俊は、またも笑い、

「どんな女と、どのようなことをしてまいったのか、語ってきかせよ」

「いや、それは……」

「言えぬか」

「……」

「いや、言うべきことでもない。男は、おのれがいつくしんだる女のことを他人に語るものではないのじゃ」　『さむらいの巣』

＊

（土方）歳三は手を叩いて、嬉しげに酒を命じた。

（あの女との色事なら仕甲斐《しがい》がある！）

恋でもなければ、夫婦になろうという前提でもないのである。恋というものならば必ず男女が一つの道を歩み共に暮すという欲求が付随するものだと歳三は考えている。

成熟した男と女が、出合いの度《た》びに何も彼《か》も忘れて楽しみ合うのが色事というものだ。

『炎の武士』

*

「なるほどなあ。二代目といい仲になったときのお前は、女のあぶらがたっぷりのって、胸と胸が通い合ったばかりじゃあなく、躰と躰がぴったり合っちまった……」

「よして、おじさん……」

「男と女の躰のぐあいなんてものは、きまりきっているようでいてそうでねえ。たがいの躰と肌が、ぴったりと、こころゆくまで合うなんてことは、百に一つさ。まあちゃん。お前と二代目は、その百に一つだったんだねえ」

「いや、いやだったら、もう……」

『鬼平犯科帳　六』

男をのばす女、駄目にする女

男という生きものは女しだいでどうにでも変わり、女という生きものも、また、男しだいでどうにでも変わる。

『男の系譜』

＊

「汝、女という生きものにひきずられるな、よいか。女、とは……可愛ゆうて、おそろしい生きものよ。男の立身も出世も、みな喰いつぶしてしまう生きものよ」

『戦国幻想曲』

＊

ぼくがいつもいうように、結局は女なんだよ。男にとっては女。女にとっては男。それによって、どうにでも変わって行くものなんだ、両性の運命というものは。これは本当だよ。

『池波正太郎のフィルム人生』

＊

「男は、おのれの過去を忘れず、これにこだわり、女は、あくまでも現実に生き、いつの間にか、その過去を忘れてしまう」

などと、よくいわれている。

すべての男や女が、そうだとはいえぬが、

「そのとおりのところもある」

と、いえなくもない。

『まんぞく　まんぞく』

＊

女がちゃんとしてくれなければ家がおさまらない。男は安心して外敵と戦うことができない。

『男の系譜』

＊

事実、女が家の中をうまくおさめてくれない限り、男の仕事も伸びないし、むしろ駄目になってくるんです。

「男の運を落とすのは、女」

なんだよ。

また女の運を落とす男もいるわけだね。

だれでもそうなんだ。男の場合は、どこの家庭でもそうなんだ。男の運を落とすのは半分ぐらい、女に責任があるわけです。『男の作法』

＊

むかし、織田信長が安土の城にいたころ、所用あって外出《そとで》をした隙《すき》に、城内の侍女たちが酒宴をひらき、花見をしたことがあった。

帰城して、これを知った信長は、侍女の主だったもの数名を打ち首にしてしまったそうな。

あるじの留守に、城をまもる女たちが、このように気がゆるんでは、戦乱の世に生きぬいては行けぬ、というわけなのだ。

この事件をもって、織田信長を、

「残酷無類の男」

としてきめつける人もいるが、実は、そうではない。

戦国の世ならば、女も男同様に、信長は、

「重くみていた……」

のである。

なればこそ、男同様に、

「責任《せめ》をとらせた」

のであった。

『真田太平記　十二』

＊

恋愛なんかも、戦国時代の人は勇ましいですよ。自分の夫を殺した仇《かたき》を討ちに奥さんが出かけて行って、その仇が気に入ったというので一緒になって子どもを生んで、夫の親類がけしからんというので斬りに行ったら、反対に女がみんな斬り倒しちゃって、その夫の仇と子どもと仲よく暮らしていたという話がある。

『男の系譜』

＊

「女というものは、ほんとうに、よくわからない生きものだ」

と、男はいう。

女のほうでも、同じようにおもっているだろう。

「君は、女をよく知らないね」

などと、自分は女について、よくわきまえているとおもい込んでいる男もいるし、

「あんたは、男がどんなものか知らないのよ」

と、さも、男の実態を知りつくしているようなことをいう女もいる。

それはそれでよいが、男女のちがいは、その肉体の構造と生理が全く異なっているからで、何も、むりに知ろうとおもわなくてもよいし、知っているとおもわなくてもよい。

知らないものどうしがめぐり合って、ときには、心身の一部が通じ合う。

そこに〔愛〕というものが生まれる。

『池波正太郎のフィルム人生』

＊

「男みてえな女は、男と長つづきをするばかりか……女にも好かれるものなん

だよ」

『闇の狩人　下』

*

「……女に裏切られた男というものは、むかし、その女が、おのれにつくしてくれたときのよいことのみをおぼえておればよい。それが男というものじゃ」

『堀部安兵衛　上』

*

外国は、「レディ・ファースト」と言っても、実権は全部男が握っている感じなんです。月給袋だって女房に全部渡しませんよ。今月はいくらだ、いくらかかったと全部男が出してやるかたちだからね。日本は、ウーマンリブの表面だけまねしちゃって、全部、女が権利を取ろうということになっちゃったでしょう。そこが、外国と日本とは違うわけですよ。

『男の作法』

*

「それほどに、死んだ女がよかったのか……?」

「何事にも、いさぎよい女でございました。男らしい男のように、いさぎよい……」

「そうか、なるほど。そうした女は百人に一人もいまい。顔かたちや肌身のよさでもなく、そうした女こそ、何よりも男がのぞむ女なのだからな……」

『鬼平犯科帳　十』

第九章◉家族の風景

人間の巣づくり

いまのところ、われら人間には、まだ〔巣〕が必要であり、その〔巣〕の中には家族がいなくてはならぬ。そして、その家族たちが、いつも生気にあふれていて、はたらき手の主人を助けなくてはならぬ。それでなくては、人間の巣の存在は意味をなさない。

だが、そうした〔巣づくり〕が、どうにか完成するまでには十年、十五年の歳月がかかる。女たちにとってもそうだろうが、男にしても同様のことなのだ。

ことに、私のような職業についている者は、一日中、巣の中ではたらかねばならぬ、いわゆる〔居職《いじょく》〕なのであるから、日々の食事は、非常にたいせつなものとなる。ぜいたくをしようというのではない。おいしく食べられなくては仕事にもさしつかえてくる。気分よろしく食事をすることが健康を保持する唯

一の道であって、いかにすばらしいビーフ・ステーキを出されようとも、巣の空気が険悪であっては、

(身にも皮にもならない)

のである。


『私が生まれた日』

＊

「人は家に生まれ、家を守り、家に死ぬ。家には親があり子があり、家族がある。この中でこそ人は生くるのじゃ。人に家がなく家族がなければ、その人こそは他人の家をも家族をもかえりみぬ男となろう」

『さむらい劇場』

＊

「あの女なら、おれが正体を明かしても大丈夫のような気がする」

「おれも、そうおもうよ。それで……だから?」

「一緒に暮してみてえ気がしてきた」

「夫婦になるのかね?」

「いいや。巣をひとつ、つくりたくなったのさ」

「ふうむ。なるほどなあ。お前は巣の中に女がいねえと、おさまらねえ人だからな」

「盗人《ぬすっと》に似合わねえことだと、いいなさる?」

「とんでもねえ。それが人間さ。巣の中には女がいて、子がいなくてはならねえものだ。盗人だとて、できるならそうしたほうがいい」『闇の狩人　上』

結婚は甘いか、すっぱいか

「妻ができると、たちまちに子が生まれる。となれば、住みつく家ができる。男は金《かな》しばりにおうたようなものだ」

『戦国幻想曲』

*

いまはね、亭主関白になろうとしても駄目なんだよ。いまや、みんなまわりがそうでないんだから。ぼくらのときは、まだまだ、主人というのはこういうものだというあれがあったから、威張っているだけじゃなくて、家内の実家に対してもよくすれば、また家内もわかるし……というようなことだったけれども、いま、家内の実家に対してよくすると言ったって、若い人はそれが当然だとしか思わないんじゃないの。

年じゅう自分の女房の実家《さと》へ行っちゃ飯を食っているんだからね。

「うちの人が、うちの実家に何かしてやっても当たり前よ。年じゅう、あっちでごはんを食べているんだもの……」

なんて言われかねないからね。

『男の作法』

＊

三年ほど前のある夜、ある町すじの酒屋へ入ってコップ酒をのんでいると、勤め帰りの、四十前後のサラリーマンが二人、私のとなりでコップ酒をなめながら、語り合っている声が耳へ入ってきた。

「これから帰って、じいっと息をころして足音を忍ばせて便所へ行き、飯を食い、あとは寝ちまうのか。いまうちの子供たちは試験で大変なんだよ」

「まったく、家庭はあっても、それは、おれたちのものじゃない。女房と子のものだ」

「ねえ、あんた。自分の子供、ほんとうに可愛いかね？」

「ま……可愛いのだろうねえ」

「私は憎いね。憎むよ。私の心も体も、みんな、家のローンと子供の教育費に食い荒らされちまった。もう、ガイコツだよ」

「ガイコツねえ。そうかも知れんなあ」

『小説の散歩みち』

＊

愛情をどのように持続させるかということについてもね。つねにスリリングな、死物狂いの緊張があったわけだ、あの時代（戦国時代）は。絶えず生命の危険がある。その、一つ間違えば必ず死ぬという情況の中で営まれる愛情生活というものは、非常に鮮烈なんだよ。

関東の北条の娘が、武田勝頼の妻になった。あのひとは、夫の勝頼と共に天目山で死んでいるでしょう。現在《いま》、夫が死なねばならないというとき、自分もためらわず共に死ぬという女性があるかい……。

『男の系譜』

＊

鬼平の場合を例に取れば、亭主が「見回りに出てくる」といって出たら、もう何が起こるかわからないからね。何かあって責任を取るというのは腹を切ることなんだ。つねに死を覚悟して生きているわけですよ。だから毎日が「これが一期《いちご》の別れになるかもしれない」という気分でしょう。当然、双方の愛情もこまやかになってくる。

『新 私の歳月』

*

男というものは宰領しなくてはいけない。食いもののこと、家族のつきあいのことのみならず、すべてに関して。男がそれをしないと、全体的に家というものがくずれてくるんだよ。そして家というものがくずれると、その男は不幸になっちゃうんだよ。

家庭が駄目になっても、その男だけが立派だなんていうことは絶対にありえないんだ。

『男の系譜』

*

男が仕事に打ち込むためには、まず、家を治めなきゃ駄目なんだ。つまり女を治めること。これが第一条件。家庭を治められない男がちゃんとした働きをするなんてあり得ないんだよ。

『新 私の歳月』

*

お嫁さんもらったりして、お嫁さんの実家と自分の実家との間でいろいろな事件が起こるということがある。いろんなことが起きてくるものだよ、必ず。そのときに、当主として行動することはなかなかむずかしいことになるんだよ。

そんなことどうでもいいという世の中になっているけれども、だけど、そういうことを自分がやって行かないと男の力がついてこないからね。

ばかみたいなことだと思うけれども、そこまで自分の家の中を治めて行くのはなまやさしいことではない、しかもそれをやってのけなくては男として一人前になれない。

『男の系譜』

＊

「武士は食わねど高楊子《たかようじ》」

などという言葉は、後世、町人の実力に圧倒された無能な武士たちの、劣等感に裏打ちをされた空《から》威張りにすぎない。

戦国から江戸初期までの武士たちには、

「武士が金の勘定をしたり、台所のことに首をさし入れるのはよくない」

などという感覚はなかった。

金の勘定にも、また料理のことにも熱心で、みずから先頭に立って指図をした。

客をもてなすための仕度をするのも、収支の感覚が必要なことはいうをまたぬ。

むかしの男たちは、わが家庭をととのえるについても、

「気を入れて……」

立ち向った。

これも、そうした気ばたらきをおこたらぬことが、自分の仕事に生彩をあたえることをわきまえていたからだろう。

『日曜日の万年筆』

*

とにかく料理であれ、なんであれ、どんなことでも、ちょっとでもゆるがせに、いい加減にしていたら、すぐ大変なことになる。そういう時代ですからね、戦国時代は。そうしないとともかく家が治まらない。家が治まらないと家来が治まらない。家来が治まらないと国が治まらない。これが基本だからね。

家というものが絶対中心なんだから。

ところが現代《いま》は、家が中心でない。家そのものが国家と同様というんじゃないが、家族の生活そのものが基本で、その延長として国があり民族があるという形は、現在は崩れてしまっている。だから、わかりにくいと思うけれどもね。

『男の系譜』

嫁をとるか、姑をとるか

いまの若い人たちは、結婚するときに、

「絶対、親と住むのはいやだ……」

と、言いますからね。だから、少なくとも結婚した当座は親と別に暮らすわけだよ。そして、片親になっちゃって、そろそろ年齢もあれだからというので、そのときになって引き取ろうと。これでは、うまく行くはずがないんだよ。

あるいは何かの事情で一緒に住んだ場合でも、嫁は自分の実家のほうへ亭主を引き寄せるから、亭主のおっかさんは面白くないということになり、当然揉《も》めてくる。いったんは同居しても飛び出してくるということになる。というのは男が、嫁と母親との確執を見るのがいやだし、間に入ることも出来なくてどうしようもないから、逃げちゃうわけですよ。

『男の作法』

＊

それにしても、嫁と姑の間に入って悩んでいる男が多いことは事実だね。若い人のみならず、五十ぐらいの人でもそうですよ。

そういう人にね、ぼくは、

「いまになって変えようとしても駄目だよ。結婚したときからやらなきゃ……」

と、言うんだよ。

妻自身もだけど、母親だって余計に年を取っているといっても偉いわけじゃない。母親もまた女であり、わがままなんですからね。だから母親といえども叱らなきゃいけないんですよ、間違ったときは。

ところがいまは、子どものときから母親にああしろこうしろと言われて、いくつになっても乳ばなれしてない男が多いんだね。

『男の作法』

＊

電化製品もなく、洗濯も炊事も裁縫《さいほう》も、あらゆる家事を、女たちが自分の体をつかってやりとげていた時代の家庭は、年寄りがいなくては成り立たなかった。

嫁入った若い女たちは、その家にいる経験ゆたかな老人たちの協力を得て家事を切り盛りし、子を育て、夫の世話をした。自分ひとりでは一日の時間で一日の家事が消化しきれなかった。

そして、老人たちが、この世から去って行くころ、彼女たちは、心身ともに一人前の主婦として〔独立〕したのである。

子供たちも、社会生活の第一線から身をひいた老人たちの慈愛と、豊富な体験から生まれた知恵を砂が水を吸いこむように、自分の血肉としたのだった。

『小説の散歩みち』

＊

女は男の奴隷だったなどという人も多いが、男だって、愛だの幸福だのと口にのぼせているヒマもなく、家族のためにはたらきつづけていたのである。いうまでもなく、例外はいつの世にもある、例外をいったら切りがない。

いずれにせよ、一つの家庭には女の手と老人の助言と協力が絶対に必要で、子供たちも、これをたすけた。それでなくては家庭が成り立つわけもなく、それを口に出すまでもなく男も女も心得ていた。

現代は、好むと好まざるとにかかわらず、たとえば日本のように、科学と機械による大量の消費生活という、一種の禁断の木の実を食べてしまった大半の人間たちは、愛だの幸福だのをもとめて家を捨て、家族と別れ、当所《あてど》もなく旅立って行く。月の世界まで飛んで行けるようになった人間だが、これをとどめる術《すべ》さえもうしなってしまった。老人たちは、なすことを知らず、立ちすくむばかりだ。

『私の仕事』

親子のきずな

祖母の死への悲しみと、妻の出産のよろこびが同時となった。

一家のうちで……。

同じ日の、ほとんど時間を接して家族のひとりが息絶え、家族のひとりが生まれた。

大石内蔵助は、このことに深い感動をおぼえた。

理屈も何もない。

(これが、人という生きものの姿なのだ。人のいとなみというものなのだ。この、まことに簡単きわまることが、人の世というものなのだ)

『おれの足音　上』

*

子どものころ苦労して、中年になってからも、いかにも若いころ苦労したという、苦労が顔に出ている人がいますね。それから、苦労がすっかり消えちゃって、本当に苦労してないような顔した人もいる。そういうふうにふたつにわかれてしまうということは、なんとなしの生まれつきでしょうね。

生まれつきといったけれども、これは、つまり、うんと小さいころの母親の問題ということです。人間の形成というものは、生まれついてから五歳《いつつ》くらいまでが最も大事で、そのときの家庭生活というものが全部、一生影響してきますよ、絶対。そう思う。

『男の系譜』

＊

五つ、六つのころの家庭生活が人間に及ぼす影響というものは、はかり知れない。だから、そのころ温かい家庭に育って幸福だった人は、たとえ七つ、八つのころから苦労の多い生活に入ったにしても、全然違うんだよ。本人がそのころのことを覚えていなくても違うんだよ。

『男の系譜』

＊

子供は学問に熱中することなどあまり好きでないのが本当である。それが普通であり、その方がむしろ健全な人間になれる。子供のころは、肉体そのものをもって万象をたしかめるがよいのだ。

『抜討ち半九郎』

＊

親というものは年をとって行くんだから、間もなく死ぬかもしれない、あるいは死なないかもしれない。けれども、死ぬかもしれないということを想定に置けば、今のうちに——まだ元気なうちにどこかへ連れていってやったほうがいいということになる。時間というのはすべてそういうことで成り立っていくものなんだよ。

『男の作法』

第十章◉食通の流儀

酒を酌む楽しみ

ともかくも若いころから、悩み事を抱えていたり、屈託していたりするときは、決してのまない。のんでも、うまくないからだ。

「だから、君は、酒の真髄がわからないんだ」

と、大酒のみの友だちにいわれたが、私にとって、酒の真髄は、愉快にのむの一事につきる。

『夜明けのブランデー』

＊

酒をまったくのまぬ人に、早死が多いという。

独身者にも、それが多いとか……。

それはさておき、いまの私にとって、酒はまさに、

「百薬の長」

に、なってしまった。

小説を書く仕事は、どうしても運動が不足するし、中年になると、尚更そうなる。

そうした躰《からだ》の血のめぐりをよくするのは、酒がいちばんだ。

酒あればこそ、食もすすむ。

夕暮れに、晩酌をし、食事をすませてのち一時間ほど、ぐっすりねむる。

これで、昼間の疲れが、私の場合は一度にとれてしまう。

仕事が行きづまり、苦しみ悩んでいるときは、決して酒に逃げない。こういうときの酒は、もっとも躰によろしくない。

酒はたのしい気分のときにのみ、のむ。

「それなら、あんたは毎日、晩酌をしているんだから、毎日たのしいんですか？」

と、文藝春秋の前社長・池島信平氏にいわれたことがある。

「そうです。一日中つまらなかったというのは、一年のうちに二日か三日ですね」

といったら、

「あんたは、ふしぎな人だ」
と、池島氏にいわれた。

『小説の散歩みち』

*

若いときはお金がないこともあるだろうが、つまらないところに毎日行くよりも、そのお金を貯めておいて、いい店を一つずつ、たとえ半年ごとでもいいから覚えて行くということが自分の身になるんですよ。ちゃんとした店に行くということは、いろいろ勉強になる。ただ食べるということだけではなくて、いろいろ相手の気の配りかたがわかれば、こっちの勉強にもなるわけです。

だから、毎日千円の昼飯を食べるとして、そこを三百円のハンバーガーにしておいて、七百円浮かしたら、一月《ひとつき》二万なり二万五千円なりになる。それで本当のいい鮨屋に行くとか、いいレストランへ一人で行って飯を食うとかいうことを若いうちからやらないと駄目なんだ。

だから、ホテルのバーなんかに行って飲む習慣がつくようになるといいと思うんだね。普通の一杯飲み屋で三回飲むのを一回にして、残りの二回は貯めておいて、ホテルのバーに行って飲むというふうにすると、感じが全然違ってくるわけですよ。ホテルのバーはいいよ、安いしね。

『男の作法』

＊

バーの醍醐味というのは、ホステスと仲よくなるより、バーテンと仲よくなることが一番いいわけなんだ。それでなかったらバーに行く面白味はない。自分の好きなバーテンを見つけたら、バーテンと仲よくなるのが一番です。

『男の作法』

＊

酒量の多いのをみずからほこり、他もこれを賞讃する傾向があるのは、人間がもっている一種の虚栄なのであろう。

『戦国と幕末』

美味求真

「今日は何がうまいかな」

そういうと、主人と二人きりで店をやっているおかみさんが、

「何でも、うまいですよ」

しずかに、こたえる。

自慢の声ではない。自信の声なのである。先ず、しめ鯖と秋刀魚《さんま》の饅《ぬた》をとる。

秋刀魚の饅なんて初めて食べた。

酒はヒレ酒。蠣酢《かきす》、鮭《さけ》のハラコ。

「うまい、うまい」

の連発である。

牛タンの塩蒸しとアラ汁。

「うまいねえ」

ゼンマイと、トンブリのトロロ和え。八丈島のクサヤ、芋の子煮。

「これも、いいなあ」

鮟鱇《あんこう》を、ちょっと煮コゴリ風にしてタマネギをあしらった一品。いずれも、主人が知恵をしぼり出して創案したものだ。

客が、しだいに立て込んでくる。

「そろそろ出ましょうかね」


『食卓のつぶやき』

＊

近年は、江戸市中に鰻屋《うなぎや》が増えた。

鰻というものは、これを丸焼きにして、醬油《たまり》やら山椒味噌《さんしょみそ》やらをつけ、深川や本所あたりで辻売りにしていたものだ。

つまり、激しい労働にたずさわる人びとはよろこんで食べたにせよ、これが一つの料理として、しかるべき料理屋が出すような食べ物ではなかった。

それを、上方《かみがた》からつたわってきた調理法により、鰻を腹からひらき、食べやすく切ってから焼きあげるようになると、

「おもったより、旨い」

「それに何やら、精がつく」

というわけで、江戸でも鰻を好む人びとが増えた。

こうなると、江戸でもいろいろと工夫をするようになり、背びらきにしたのを蒸しあげて強い脂をぬいてから、やわらかく焼きあげるというわけで、いまや、鰻料理が大流行となってきた。


『梅安乱れ雲』

*

近ごろ、大きな鰻料理屋へ行くと、前菜が出る、椀《わん》盛りが出る、刺身が出る、煮物が出る……というわけで、せっかくの鰻が運ばれて来るころには、私などは満腹になってしまう。

だから、このごろは、人に招《よ》ばれたときなど、鰻の前に出る料理をきいておいて、そのうちの二品ほどでやめにしてもらうことにしている。

鰻屋では、念の入った香の物で酒をのみながら、鰻が焼きあがるのを待つのが、もっともよい。


『むかしの味』

＊

天ぷらは揚げ物である。揚げ物ならば熱いうちに食べなくてはならぬのが自明の理というものだ。せっかくに神経をくばって油の火加減をととのえ、気をつめて揚げてくれた天ぷらを前に、ぐずぐずと酒を酌《く》みかわしていたり、語り合ったりしていたのでは、天ぷらが泣き出して、ぐんにゃりしてしまうし、料理人は気落ちがしてしまう。これまた自明の理である。

『散歩のとき何か食べたくなって』

＊

この天ぷら屋では、亭主がひとりで揚げる。

揚げるほうも全神経をこめ、火加減を見ながら揚げているのだから、一組の客か、せいぜい二組の客しか相手にできない。

だから、ほとんど宣伝をしない。

口づたえで来る客だけを相手に商売をしているのであって、亭主はもう、死ぬ覚悟で揚げている。こういう商売の仕方だと、いずれはやって行けなくなることを覚悟しているわけだ。　　　　　　　　『男のリズム』

＊

食べもの屋というものは、まあどんな店でもそうだけど、店構えを見ればだいたいわかっちゃう。いまはもう昔と違って、どこも同じような店構えになっちゃったからわかりにくくなっちゃったけれども、それでもだいたいわかりますよ。でも、こればかりは口で言えないやね。

まあ、中へ入った場合、まず便所がきれいな店じゃなかったら駄目だね。宿屋でもそうですよね。

結局、「神経のまわりかた」ということでしょう。ほかのどんな仕事でも同じだけど、そういうところまで神経がまわっていないと、出すものだって当然、神経がまわってこないですよ。　　　　　　　　『男の作法』

＊

「どうだ、うまかったかい？」

と、私が若い友人の片岡君にきくと、彼は、はにかんだようにうつ向き、

「ええ。ですけど……ですけど、ぼく。納豆と味噌汁が食べたかった。でも、いいんです。明日の朝は、宿で食べられるから……」

「新婚半年で、朝の味噌汁と納豆が食えねえのか？」

「ええ。ワイフがそんなものは下等だからといって……毎朝、ハムエッグとトーストと、それから……」

「勝手にしやがれ」

　と、私は舌うちをし、

「君のような若いのを、おれは二人も三人も知っている。食べたくないものが出たら食卓《おぜん》を引っくり返せ。それでないと、一生、食いたいものも食えねえぜ」


『食卓の情景』

寿司と蕎麦の口福

母のみならず、私も家内も、

「いちばん好きなものは？」

と問われたなら、やはり、

「鮨」

と、こたえるであろう。

江戸前の〔にぎり鮨〕が、はじめて創られたのは、文化七年（一八一〇）のことだそうな。本所の横網で初代・与兵衛《よへえ》が店をひらき、新鮮な魚介を即席のにぎり鮨にしたのが大評判をよび、これより保守的な押鮨《おしずし》は圧倒されて江戸から逃げ、その勢力範囲を京阪に局限された、などといわれている。

しかし、文化末年には、早くも大坂の道頓堀の〔松の鮨〕に、江戸風のにぎり鮨があらわれたという。

口うるさい人びとは、

「いまの東京の魚は、みな地方や外国の海から送りこまれているというのに、江戸前というのはおかしい」

などというが、江戸前は〔江戸風〕とでも解しておけばよかろう。

もともと鮨は庶民の食べものであって、私が幼少の頃、祖父の手もとで暮していたとき、しがない飾り職人であった祖父の家でも、七日に一度は出前の鮨を食べていたものだ。

そのころの鮨屋は、ガラス張りのケースにパセリといっしょに魚や貝をならべておくようなまねはしなかったようにおもう。


『食卓の情景』

＊

鮨屋へ行って、金さえ払えばよかろうというのでトロばっかり食べているやつも駄目なんだよ。

「トロ、トロ……」

と、こればっかり十個も十五個も食べてるやつがいるでしょう、金にまかせて。まあ、いまはいないかもしれませんがね。

こういう客はね、鮨屋が困っちゃうんですよ。トロというのはそんなに儲からないんだよ。何しろもとが高いんだから。その高いトロを、本当に仕入れた値段で食べさせたら大変な値段になっちゃうから、ある程度、トロはサービスで、まあとんとんに行けばいいという程度であれしているわけだからね。そうでしょう。

それをね、金を払うんだから何をいくつ注文しようと客の勝手だと言わんばかりに、トロばかりパクパクやっちゃって、あと何も他《ほか》のものを食べないというのは、やっぱりいやな客ということになるわけだよ。これは昔からそうなんだよ。高いものは遠慮して食べなきゃいけないんだよ。

『男の作法』

＊

鮨屋の職人は、髪を短く刈って毎日よく洗い、手入れをし、髭《ひげ》もきれいに剃りあげ、鮨をにぎる手の指の爪をなめてもきたないとはおもえぬほどでなくてはならぬ。

飯といっしょににぎる魚や貝がやたらに大きく厚く、飯がすくなくて、まるで刺身でも食べているような鮨が、いま流行であるが、それは好き好きゆえ文句をつけるつもりはない。

『食卓の情景』

＊

「ちかごろは、料理屋の女将《おかみ》と称するものが、首飾りをつけ、ダイヤの指輪を二つも三つもはめこみ、客よりも高価なキンキラキンの着物を得意気に着て、反《そ》っくり返っている。いや実に、けしからん」

老人は、酔ったこともあって、しきりに憤慨しはじめた。

「それにしても、庖丁を持つ手に指輪はいやですね」

「言語道断！」

「ほれ、ついに出た」

「無礼至極！」

老人は、盛り場の灯を浴びて見得を切って、

「先日、ある鮨屋へ行きました」

「ははあ……」

「ビールのコップが生臭い」

「なるほど」

「これで、ぶちこわしてしまった。鮨はうまかったのですがね」

「なるほど、料理の修業は、先ず洗い方からと聞きましたが……」

「そこです！」

老人の声が、しだいに高くなる。

「おのれがつかう器物を満足に洗えぬ者に、何ができます」『食卓のつぶやき』

＊

普通のわれわれが住んでいる町のそば屋に行って食べると、そばつゆが薄いでしょう。あれだったら（そばを）全部つけていいんだよ。あるいは田舎で食べるそばは、たいていみんな、おつゆが薄いんだから、あれまで先にちょっとつけて食べることはないんだよ。

そういうことを言うのは江戸っ子の半可通《はんかつう》と言ってね、ばかなんだよ。冗談言っちゃいけない、本当の東京の人は辛いからつけないんだ、無理してつけないんじゃなくて。東京のそばのおつゆはわざと辛くしてあるわけだ。先へつけて口の中でまざりあってちょうどいいように辛くしてある。だから、おつゆが薄ければ、どっぷりつけちゃえばいいいんですよ。『男の作法』

大阪のほうの人がよく書いているじゃない。
「東京のうどんなんか食えない……」
って。

*

ああいうのがばかの骨頂というんですよ。なんにも知らないんですよ。

確かに東京のうどんは、ぼくらでもまずいんですよ。おつゆが辛いんだから。うどんはやっぱり上方《かみがた》の薄味のおつゆのほうが、ぼくらでもうまいんですよ。だけどそれは、それぞれの土地の風土、あるいは生活によって、みんな違うわけだからね。やたらに東京のうどんをこきおろす大阪の人は、本当の大阪の人じゃないんだよね。たいていお父さんが播州赤穂だとか備前岡山なんだよ。そういうところから大阪に来て、自分は浪花《なにわ》っ子になったつもりでやるんだよ、東京の何はよくない、大阪のほうがずっといいとかね。

本当の大阪の人は決してそういうことは言いませんよ。また、東京の人も、本当の東京の人だったら決して他国の食いものの悪口というのは言わない。一番いけない、下劣なことだからね。

『男の作法』

洋食よもやま話

戦後は、フランス・ドイツ・イタリーなど、それぞれの特色をもったレストランがいくつもできて、私どもの味覚も豊富になったわけだが、なんといっても、なつかしいのは日本風洋食につきる。

いかにも、さっぱりとした味のコロッケやカツレツ、メンチボール。メンチカツレツ。ポテトサラダやエビフライ。それにハヤシ・ライス（ハッシ・ライスではない）のすばらしさ。これらの料理のほとんどは、ウスター・ソースと切っても切れぬ。とにかく、料理にかけるソースは、ウスター・ソース一点張りであった。

いまの東京の、著名なレストランで出す料理にかける、複雑きわまる味をもったソースの種類の豊富さなど、おもいもおよばなかった。

また、戦前の東京の下町には、一つの町内に、かならず、小さな洋食屋があったもので、そこがまた大変にうまかった。　　　　『小説の散歩みち』

＊

この店の洋食は、ワインなぞではなく、日本酒でやるのが、もっとも私にはよい。

上等の豚《とん》ロースを薄目に切ってもらい、こんがりと揚がったカツレツの旨さ。神経をつかって焼きあげたポークソテーの舌ざわり。ベーコンの厚切りを乗せたビーフステーキも、日本酒と御飯に似合う。

〔日本橋〕〔たいめいけん〕の洋食には、よき時代の東京の、ゆたかな生活が温存されている。

物質のゆたかさではない。

そのころの東京に住んでいた人びとの、心のゆたかさのことである。

〔たいめいけん〕の扉を開けて中へ踏みこんだとき、調理場の方からぷうんとただよってくる芳香が、すべてを語っているようなおもいがする。

この香りは、まぎれもなく牛脂《ヘット》の香りである。

いまの洋食屋の大半は、ヘットを使わぬようになってしまったらしい。

ヘットで揚げたてのカツレツ。その香りのよさ、歯ざわりのよさはまったくたまらない。

『むかしの味』

*

松茸は、赤松の林の中に生じる。

京都一帯の松茸は、とりわけうまい。その中でも、むかしは伏見の稲荷山が名物だったそうな。

松茸の香気と、独自の歯ごたえは、ちょっと筆や口にはつくせぬものがある。

河豚《ふぐ》と同じで、

(こんなものに、どうして、こんなに魅了されるのだろう?)

と、おもうが、われながら、

「それは、こうだ」

はっきりとした、こたえは出ない。

秋になって町中《まちなか》の洋食屋へ行くと〔松茸フライ〕の紙が下っていて、揚げたてにレモンをしぼって食べるのは、まさに日本的洋食の醍醐味だ。

『味と映画の歳時記』

＊

私と悪友・井上留吉は、上越国境・三国峠の谷底にある法師温泉へよく出かけた。

ここの夕食には、鯉《こい》のあらいなどが出て、その中にポークカツレツが一皿ついた。

都会のカツレツのように体裁をととのえるわけでもなく、ただ豚肉をぶった切って揚げたにすぎないという、山の湯の宿の無骨なカツレツ。

これを、私も井上も半分残しておき、ソースをたっぷりかけ、女中に、

「これは、朝になって食べるから、此処《ここ》へ置いといてくれ」

と、いっておく。

三国峠から雪が吹きつけてくる季節などには、朝になると、カツレツの白い脂とソースが溶け合い、まるで煮凝《にこご》りのようになっている。

これを炬燵《こたつ》へもぐり込んで熱い飯へかけて食べる旨さは、余人はさておき、井上と私にとっては、たまらないものだった。

いまも私は、カツレツを半分残し、ソースをかけまわし、翌朝に残しておく。

これを弁当にしておいて、夜食に冷飯で食べるのもよい。　『むかしの味』

わが家の食卓

私が書いている時代小説に、登場する人びとの酒食のありさまがよく出てくるのは、一つには、季節感を出したいからなのである。

いまの食物は、夏も冬もあったものではないけれど、戦前までは、四季それぞれの魚介や野菜のみを私どもは口にしていたのであって、冬の最中《さなか》に胡瓜《きゅうり》や茄子やトマトを食べたおぼえは一度もない。

それで、子供ごころにも夏が近づいてくると、夏の野菜を入れた冷し汁が、

(もうじき、食べられるな……)

と、おもったり、

(茄子の味噌汁《おみおつけ》も、もうじきだな)

と、おもったりしたものだ。

『私の歳月』

いうところの「江戸前」とは、すなわち江戸の前の海……江戸湾ということで、申すまでもなく現代の東京湾で獲《と》れる魚介をさす。

江戸湾には隅田川や神田川がながれ込んでおり、その川水と海水とが混じり合った特殊な水質に育《はぐく》まれた魚介は、独自の味わいをもっていたのである。

同じ鮃《ひらめ》にしても、江戸湾で獲れたものと、銚子の沖で獲れたものとは、まったく味がちがっていたそうな。

青鱚《あおぎす》、鱸《すずき》、黒鯛、カレイ、セイゴ。それに蛤《はまぐり》、シャコ、カニなど、私が子供のころには、まだ江戸前の名残が、かなり残っていたものだが、いまの汚染されつくした東京湾では、海苔もとれない。

私が子供のころ、午後になると、カニ、シャコなどを東京の下町へ売りに来た。それをお八《や》つにして食べたものだ。

いずれにせよ、江戸前の魚介は新鮮だったのだから、酒の肴には、あまり手を加えぬ。

江戸前は新鮮ゆえ、手早く、さっさと調理をして口にする。

江戸っ子は気が短いのだ。

『新 私の歳月』

＊

むかし、男たちの朝の目ざめは、味噌汁の匂いから始まった。

味噌ばかりではない。野菜も卵も豆腐も、醬油も納豆も焼き海苔も、それぞれに個性的な香りをはなち、そうした、もろもろの食物が朝の膳に渾然《こんぜん》とした〔朝のムード〕を醸《かも》し出していた。

食物のみではない。生物、植物の香りも千差万別であって、なればこそ、東京の町がそれぞれに匂いの個性をもっていた。

現代では、一部の田園のみに辛うじて、そうした香りが残存しているにすぎない。

『食卓のつぶやき』

＊

たとえば醬油にしても、むかしは、丸大豆を使っていた。現代のような脱脂大豆ではない。しかも自然のまま三年も四年も置いたものを、順次、売りに出すというぐあいで、味噌も同様であった。

だから、炊きたての飯へ醤油をたらしてまぶし、その上へ焼き海苔を揉《も》んでかけただけでも、うまくてこたえられなかった。

『小説の散歩みち』

＊

家庭では、さぞ食べ物に口やかましいのだろうと、人びとはいうが、私の家ほど、女たちが楽な家はあるまい。

今夜の惣菜を何にしようか、と、女たちがおもいなやむときは、たちどころに答えを出してやるし、また、できあがった惣菜がうまければ、

「うまい。よくできた」

真底からほめてやる。

『男のリズム』

＊

世帯をもってからは、(私は) ほとんど台所へ入って包丁を取ったりはせぬ。

ただし、くびは突っ込む。

家族のことは知らぬが、自分が食べる物だけは好きにする。

豚肉なり、魚なりがあるとして、家族は別にいろいろとあんばいをして食べ

るのだろうが、私は、

「それならば、これをこうしてくれ」

と、注文を出す。

家人が、

「今夜は、こうしたいとおもう」

といい出て、それが気に入れば、だまっている。


『男のリズム』

*

私の日記は、毎日、口へ入れたものを書き記してあるだけだ。しかし、ふしぎなもので、それを見ていると、何年か前の、その日の出来事をまざまざとおもい出すことができるのである。


私が、なぜ、十何年も前から、このような日記をつけるに至ったかというと、どこの家庭でも同じように、妻なる人が日々の食事のたびに、

「今日は何にしようか……?」

と、おもいなやむのを見るからであって、ついには面倒のあまり、昨日と同じようなものをつくったり、気の入っていない味つけの、まずいものを食べさ

せたりするのに閉口したあげく、おもいついたのである。

　こうしておけば、妻なる女がおもいなやむとき、即座に日記をひらき、いくつかのメニューを私がつくってやることができる。食べてうまかったところには赤鉛筆のシルシがついているから、これをたよりにすれば、さして、妻なる女の腕も狂わぬのである。　『私の歳月』

＊

〔巣〕で、うまいものを食べたいとおもうのなら、それだけの配慮を自分でしなくてはならぬ。

「うまいものを食べさせろ」

と命じているだけでは、どうにもならない。

料理への興味を女たちに抱かせるためには、たまさか、外へ出て〔うまいもの〕を食べさせなくてはだめだ。それはカレーライス一つでもちがうのである。

　かつて料理学校へ家内を通わせた、その第一日。帰って来てつくった食事は、もうとたんにちがってくる。習うということは、実に、おそろしいものなのである。

『食卓の情景』

＊

現代の人間も、食べなくては生きて行けぬために、はたらく。

その形態はさまざまであるが、つまりは、原始人が得物を持ち、食べるための狩りに出かけるのと同じことなのである。

食を得るため、ちからいっぱいはたらいて〔巣〕に帰って来た狩人は、明日の狩りのために、休息をせねばならぬ。

こころよいねむりをむさぼらなくてはならぬ。

それでないと、人間の肉体は狩りに疲れ、その疲れがたまって、おとろえてしまい、ついには食を得ることができなくなる。

まことに、人間の生活など、簡単なものなのだ。

『男のリズム』

〔解説〕

一椀の味噌汁のありがたさ

——池波正太郎の人と文学

八尋舜右

〔人間は、死ぬところに向かって生まれた日から進んでいる、それしかわかっていない。あとのことは全部わからない。わかっているのは、そのことだけ。人間は生まれて来て毎日死へ向かって歩み続けているということだ。〕（『男の作法』）

この「人は死に向かって生きている」という認識こそ、池波正太郎の全作品に通底するライトモチーフといってよいだろう。

とりたてて新しいテーマというほどのものでもない。人間は有限の生命体で、恋も、病いも、権力争いも戦争も、あらゆる人間ドラマは、その現実のうえに成り立っている。古今の哲学者、芸術家たちの多くが、なんらかのかたちで、この永遠の大テーマととりくんできた。

ただ、池波さんのばあい、これは単なる文学上のモチーフにとどまらず、かれの実人生の覚悟のようなものでもあった。三十年余にわたり、その謦咳《けいがい》に接してきたわたしには、つねに池波さんが口にし、文章にしてきたこのフレーズが、いまもなつかしい〝体温〟をともなってよみがえる。

「人間は、かならず死ぬんだから」

初めてお会いした日に、のっけから、このことばをきかされた。

◆気さくで律儀な江戸っ子

初めて面晤《めんご》の機をえたのは、池波さんが『錯乱』で直木賞を受賞された翌年の一九六一（昭和三十六）年だったと記憶する。池波さん三十八歳。駆け出しの雑誌記者だったわたしは、おなじ直木賞を一年まえにとられた司馬遼太郎さんに原稿を依頼してことわられたばかりで、いささか気落ちしており、池波さんにもことわられたら困るなあと、緊張して品川は荏原《えばら》のご自宅に伺候したのだった。

なにしろ、そのころの池波さんは司馬さんとならんで、これからの時代小説界を担う二大新人作家として期待されていた〝時の人〟である。二階の和室に招じあげられ、おそるおそる用件をきりだすと、

「ああ、書きますよ」

池波さんは、意外にあっさりと承知してくだすった。

司馬さんのことわりかたも優しかったが、応諾する池波さんもじつに温かかった。小心で自閉ぎみの青年も、このような作家たちがあいてなら、なんとか編集者をつづけていけるかも、と安堵したのをおぼえている。

そのころ池波さんは、まだ痩せぎみで頭は職人ふうの短髪、むきだしになった二の腕には、たくましく筋肉がついていた。神経質で、気むずかしい作家像を予想していたわたしには、意外な印象だった。

「時代小説を書くには、実地を訪ねるといい。ぼくはね、取材にいくと写真をとるんだ。スケッチもいいけど、写真も便利だよ」

池波さんは気さくに、信州の高遠城や上田城のスナップを整理したスクラップ帳をみせてくだすった。

ひとしきり取材旅行の話をした後で、不意に池波さんはたずねられた。

「きみ、奥さんはいるの」

「いえ、まだです」

「そう。結婚はだいじだからね」

「はあ」

「なにごとも初めが肝心。奥さんに遠慮なんかしちゃだめだよ。料理がまずかったら、お膳ごとひっくりかえすといい」

「えっ、ひっくりかえすのですか」

「ぼくなんか、ずいぶんやったものだよ。遠慮してると、一生まずい飯を食わされることになるからね」

池波さんは、こともなげにいって微笑した。

たとえ、新妻の料理がへただとしても、膳部をひっくりかえす勇気など、わたしにはありそうもない。それでも、いきがかり上、

「では、そうします」

と、こたえた。

「ぜひ、そうしたまえ」

池波さんはうなずき、

「ほら、あそこ」

かたわらの襖を指さした。

五〇センチ四方に襖がへこんでいる。

「張りとばしたんだよ」

「え、だれをですか」

「女房にきまっている」

「奥さんを？」

「そう。いってきかせてもわからぬときには、張りとばす」

先刻、茶菓をもってでてこられた、みるからに貞淑そうな夫人の〝災難〟に衷心から同情しながら、

「とても、ぼくには……」

できそうもありません、とわたしは嘆息し、

――なるほど。江戸っ子とは、このようなものか。

あらためて精悍な作家の横顔をみつめた。

「乱暴なようだが、男と女がうまくやっていくには、これが一番なんだ」

池波さんは、真剣にわたしの眼をのぞきこんでいった。

執筆を快諾してもらえた安堵もあって、最後にわたしは月並みなことを口にした。

「直木賞もとられたことだし、ますます忙しくなられますね」

「いや、ぼくは自分のペースでやっていく」

「出版社がそうはさせませんよ」

利いたふうのことをいうと、

「いや、そんなことにはならない」

池波さんは断固とした口調でこたえた。

「人間は、かならず死ぬんだから、意にそまぬ仕事はしないものだ」

一まわり年長の作家が、このときには、二まわりも三まわりも大きくみえた。

辞去するとき、池波さんは玄関先に立ち、丁寧に頭をさげて見送ってくださった。その後、『鬼平犯科帳』『剣客商売』『藤枝梅安』などの人気シリーズをつぎつぎに発表、流行作家の頂点に立ってからも、この態度はかわらなかった。

あるとき、さりげなく池波さんはいった。

「新選組を書くとき、ぼくは子母沢寛先生のところに挨拶にいったんだ。なんたって、ぼくらが新選組を書こうとすれば、先生の『新選組始末記』ほかのお仕事の世話にならざるをえないからね。そしたらね、あの大家が、じつに親切に教えてくださってね、しかも玄関まで立ってきて鄭重に送ってくださったのだ。ぼくは感動してね。で、先生にならって、ぼくもこうして玄関まで見送ることにしているんだ」

◆感性に基づく池波ワールド

池波さんは一九二三（大正十二）年、東京浅草に生まれている。父方の先祖は能登の宮大工で天保のころ江戸へでてきた。母方の祖父は下総多古一万二千石松平家の家老の子で、維新後、御家人の養子に入り、やがて錺職《かざり》となった。池波さんが生まれたころ、父は綿糸問屋の通い番頭をしていた。

〔父は大酒のみだった〕

と、池波さんは『私が生まれた日』というエッセイに書いている。母は酒屋に酒を買いにいかされて産気づき、家にはこびこまれて池波さんを産んだ。

「男のお子さんですよ」

産婆《さんば》が大声で告げると、二階で酒をのんでいた父は、

「今日は寒いから、明日、見にいきます」

とこたえたそうな。

エッセイの末尾は、

〔私は、こういう父が好きなのだ。というのも、やはり私には、父のこういうところがないでもないからである。〕

ということばで結ばれている。

六歳のとき、両親が離婚した。で、母の実家の祖父母に育てられた。小学校を卒業すると、すぐに株式仲買店に勤めにでて、給金で相場を張り、儲かるとカツレツを食べ、芝居や映画を観にいった。つまり、子供から一足飛びに大人になった。将来は画家か小説家になりたいとおもっていたという。

「人間の一生というものは、ことに男の場合、幼児体験によってほとんど決まるといってもいい。」（『男の作法』）

十九歳のとき、徴用されて飛行機の精密部品を製作する旋盤工になった。はじめのうちは、どうしても図面が理解できない。指導員の一人が、

「図面を穴のあくほど見るんだ。どこから手をつけたらいいか、よく考えろ。手順が一つでも狂ったら品物はできない」

といった。

この指導員は、旋盤機械を人間あつかいして、油をさすとき「飯を食わせてやる」などという。その仕事ぶりをみているうち、ぱっとすべてが理解できた。図面がわかるようになると、機械が手足のようにうごいてくれ、半年後には、だれにも負けない旋盤工になった、と池波さんはいっている。

「旋盤工場が自分の文学修業の場だった」

という意味のことも書いている。理論的にものごとをかんがえることが苦手で、すべて勘のはたらきに頼った。で、工場で物をつくる手順を、感覚で体におぼえこませたことが、小説づくりの基盤になったと。

たしかに、池波さんの小説は、論理性とはあまり関わりのないところで成り立っている。すべてが理屈ではなく感性にささえられている。つまり、勘の世界なのだ。池波さんは、こんなこともいっている。運転手のすがたや走り方を神経を集中して見ることで、親切なタクシーに乗ることができると。

その後、海軍に徴兵され、米子《よなご》の美保航空基地で敗戦を迎え、ポツダム二等兵曹となる。軍隊時代のことは、処女小説『厨房《キッチン》にて』や『禿頭記』に書かれている。

「ぼくは、甘い期待はしないで、つねに、「最悪の場合を想定しながら、やる……」という主義なんだ。小説ばかりでなく、昔からそうなんだ。性格でしょうね。それと一つには戦争を体験してきたからですよ。」(『男の作法』)

東京に帰ると、浅草の実家は空襲で焼けていた。おりから焼けのこった東京劇場で上演されていた歌舞伎を、まっさきに観にいった。その後も月に三、四十本の映画を観た。舞台や映画は晩年まで熱心に観つづけた。観劇と映画鑑賞と旅が池波さんの〝勉強〟だった。

敗戦の翌年、都の職員に採用されて下谷区役所に勤めた。目黒の税務事務所時代には、税金の徴収にもたずさわった。『娘のくれた太陽』などという作品を読むと、徴収員の差押えのてぎわや、心情の屈折がリアルに描出されている。

〔しいていえば、こうした私の過去の生活が、わたしの文学修業の土台になっている。〕（『私の文学修業』）

池波さんの〝思想〟は、ブッキッシュなものとは無縁だったといえる。ほとんどは体験上の実感に根ざしている。書物に書かれていたことが、実体験にぴったり重なったようなばあいを除いて、池波さんが他人の思想を借りて、ものをいったり書いたりしたことは皆無であったろう。

小学生のときから、本はかなり読んでいる。トルストイ、ドストエフスキー、谷崎潤一郎、永井荷風等々。読書のほうでも早熟だった。

池波さんが自宅を新築されたとき、書庫の整理を手伝ったことがある。多くの本に付箋が張られ、傍線が引かれていた。多量の本を読むより、気に入った本をくりかえし読んだようすがうかがえた。アランの本なども、その一つであろう。

アランの、日常的・社会的現象のなかに、ものごとの本質を見いだそうとした人生哲学は、人間はみずからつよく意思することによって救われるという明快さにつらぬかれており、精神におよぼす生理や触覚の重要性に眼をむけている。池波さんが、旋盤作業のなかに小説づくりの基盤を見いだしたあたり、このアランの影響が潜んでいるのかもしれない。ジョルジュ・シムノンの『メグレ警部』もひそかな愛読書だった。

◆恩師は苦労人の長谷川伸

〔人間というやつ、遊びながらはたらく生きものさ。善事をおこないつつ、知らぬうちに悪事をやってのける。悪事をはたらきつつ、知らず識らず善事をたのしむ。これが人間だわさ。〕（『鬼平犯科帳』）

〔善のみの人間なぞ、この世に在るはずもない。わしとて同様じゃ。悪と善とが支え合い、ともかくも釣り合いがとれておれば、先ずよしとせねばならぬが今の世の中じゃ。〕（『おとこの秘図』）

池波さんが四十歳のときに書いた作品に『恥』という短編がある。真田《さなだ》藩の執政原八郎五郎は権勢に驕り、私腹を肥やす悪人だ。友人は原を誅殺しようとするが、主人公の森万之助は友人の正義感に共鳴しながらも、斬る気にはなれない。原が自分とおなじく遊女あがりの女を妻に娶《めと》り、へだてなく慈しんでいる生き方に親密なおもいを抱いているからだ。
〔政治家としての原八郎五郎は大きらいだが、人間としての原は大好きだ。〕
〔これが人間の情というものだ。〕
封建武家社会では、このようなかんがえ方や生き方はタブーだ。しかし、万之助は、そうした時代の通念や社会の規範にしばられることなく、あくまで自分の感情に忠実に生き、ついには藩をすて家庭もすて、ただ〔おのれがおのれにあたえた恥〕だけを、頑《かたく》なに自分につきつけながら生きていく。
「善と悪、白と黒。人間も人生も、そんなに単純に割りきれるものではないんだよ」と作家はいっているようにおもわれる。
『易経』だったかに〔錯然《さくぜん》は吉〕といったことばがあり、善悪、黒白、長短、明暗など、人間はこうした相対、差異にとらわれがちだが、大宇宙の真理界では、これらは相依って成り立っていると説いている。白か黒か、善か悪かと、むりにきめつけたりせず、錯然、つまり、そのないまじったありようを、そのままうけいれるのがよろしい、ということらしい。
池波さんが易に影響されたかどうかの詮索は、このさい無用であろう。封建制下の固苦しい道徳律のもとで、苦しみ傷つきながらも人間としての自由で多様な生き方をつらぬこうとした若者像を、池波さんは庶民感覚に根ざした人間洞察にしたがって、淡々と描いている。

この作家が好んで材をとった戦国時代も江戸時代も、おおむね男の力学や美学が支配した時代といっていい。『男の作法』『男の系譜』といった書名から類推して、池波という作家は男の論理、男の美学を説いた守旧体制派の作家ではないかと、早とちりする読者もときになくはないが、その作品をつぶさに読めば、そのようなおもいこみが浅薄な誤解であることに、すぐに気づくことだろう。作家のいう男とは、つねに女性をも包含した人間ということなのだ。

ちなみに、池波さんは現在、時代小説家としてのみ知られているようだが、作家生活に入ってからの十年ほどは、現代小説も時代小説と並行してかなり多く書いている。前記の『厨房《キッチン》にて』『禿頭記』『娘のくれた太陽』をはじめ、『機長スタントン』『あの男だ！』『母ふたり』などの作品がそれである。

長谷川伸に弟子入りしたのは復員して四年後の二十六歳のときである。新聞社の懸賞に応募した戯曲が入選したのを機に、そのときの選者の一人だった長谷川に師事した。

長谷川伸は現在もくりかえし上演されている『瞼《まぶた》の母』『一本刀土俵入』などの名作をのこした戯曲家・小説家である。幼いころに父母が離婚し、早くから実社会にでて自立し、人生の辛酸をなめながら独学でおのれの文学世界を切りひらいたところなど、まるで定規をあててトレースしたように、池波さんのそれと酷似している。

池波さんは、作品上の技法だけでなく、人間の生き方そのものを、この師匠からまなんだ。才能に驕らぬ謙虚さ、質素な暮らし、さりげない優しい気くばり、約束の時間はきちんとまもる律儀さ……。

〔この「時間」の問題というのは、もう一つ大事なことがある。それは、自分の人生が一つであると同時に、他人の人生も一つであるということだ。自分と他人のつきあいでもって世の中は成り立っているんだからね。だから時間がいかに貴重なものかということを知っていれば、他人に時間の上において迷惑をかけることは非常に恥ずべきことなんだ。〕(『男の作法』)

◆約束を守ることの大切さ

そういえば、池波さんは、じつにパンクチュアルだった。待ち合わせの時間に遅れたことはないし、新聞雑誌につねに数本の連載をかかえていながら、原稿の締切りはきちんとまもる。かならず約束の二、三日まえにはできあがっていた。

世の中、こんな作家ばかりではない。平気で約束を破り、編集者を泣かせる作家もけっこう多い。そんな作家にかぎって、作品のなかで、ご大層なモラルを説いたりするものだ。

池波さんはちがう。言行一致。長いおつきあいのなかで、いちどたりとも待たされたおぼえがない。晩年、神田駿河台のホテルで、しばしば待ち合わせをした。遅れたのは、いつもわたしのほうだった。池波さんはホテルの玄関で姿勢をただして待っている。わたしにすれば、不意の来客もある。交通の渋滞もある。しかし、そんないいわけは池波さんのまえでは、いっさい通用しない。要は、他人に迷惑をかけないというこころがけがたりないのだ。あらゆる不測の事態を予想して、一時間か二時間まえに行動を起こせば、約束はまもれるものなのだ。

「余裕を持って生きるということは、時間の余裕を絶えずつくっておくということに他ならない。一日の流れ、一月の流れ、一年の流れを前もって考え、自分に合わせて、わかっていることはすべて予定に書き入れて余分な時間を生み出す……そうすることが、つまり人生の余裕をつくることなんだよ。」(『男の作法』)

そうとわかっていながら、まもれないのが凡人というものだ。時間に遅れるたびに、わたしは恐縮し、恥じ入ったものだが、それでいて最後まであらたまらなかった。

ともあれ、約束をきちんとまもってくださる池波さんほど、編集者にとってありがたい作家はいなかった。この美質は、もともと池波さんの資質としてあったものにはちがいないが、同時に不断の努力のあらわれでもあったのだ。

〈人間として当然やるべきこと、たとえば約束の時間を守るというような、当たり前のこともできなくなっているということは事実。そういう例を挙げていったらキリがないんだよ。ぼくなんかは、会合の日、行く前はほとんど仕事をしない。仕事をしていて遅れたら大変だと思うから。〉（『男の作法』）

このようなこころがけも、長谷川伸に師事することで、あらためてみずからに確かめ、磨いた〝男の作法〟であったのかもしれない。師を語るときの池波さんには、満面に畏敬の念があふれていた。

直木賞受賞パーティの祝辞で、長谷川は、

「多少の意地悪をこめて、わたしはいう」

とことわり、

「君の作品には深さはあるが、広さがたりない。適当に深く、適当に広くということが必要だ。時がたてば、狭く深くという作家になるのもよいが、いまの若さで狭いところにたてこもってしまうのは、これは考えものだ」

と注文をつけた。

実体験をもとに書くのはいい。が、その世界だけにとどまり、狭く固まっては一種の職人芸におちいってしまう。おのれの身にきざみこまれた豊富な人生体験を醱酵させ、より広い作品世界をめざして冒険しなさい、と師はいいたかったのであろう。

池波さんは、この師の忠告を真摯にうけとめた。自分の創作の幅をひろげるために、

「それはもう、懸命にがんばったものだよ」

わたしなどにも、しみじみ述懐してみせたものだ。

あるとき、朝日新聞の綴じ込みをめくっていたら、そのころの池波さんの猛烈な〝勉強〟ぶりをつたえる記事が目に入った。ある作品を書くため、先輩作家の山手樹一郎さんのところに資料を借りにいったことがある。山手も苦労人の作家である。長谷川同様に、後輩の面倒をよくみた人だが、その山手が、池波さんが帰った

後、書棚の一角が空になっているのをみて、池波さんの仕事にたいする徹底した貪欲ぶりにおどろき感心した、という記事であった。

幕末の薩摩の暴れん坊、中村半次郎（桐野利秋）の生涯を描いた『人斬り半次郎』という小説がある。特異の薩摩ことばが巧みにつかいこなされているのに感心し、東京人の池波さんが、よくもあそこまで完璧にちかい薩摩ことばを駆使できましたね、と告げたとき、

「そりゃあ、あんた、そのためにずいぶんと苦労したもの」

池波さんは破顔したものだ。いくども、ひそかに鹿児島に足をはこび、目と耳からの取材を重ねたうえで書いた自信が、その笑顔のなかにきざまれていた。それでいて、

「作家の苦労した様子が、作品のなかにあらわれているようではだめだ」

と池波さんはいった。

作家が、なんの苦労もなく書いているようにみえてこそ、読者も心底たのしく物語世界に遊ぶことができるのである。

◆家族と家庭が意味するもの

ところで、現在は文学の世界だけにとどまらず、人間関係が希薄になった。師弟関係そのものが成立しにくくなり、先輩が後輩にむかって本音でものをいうこともすくなくなった。親子関係でさえ、サラダオイルのように、さらりとしてべとつかないのがいいのである。敗戦によって、日本人は個の自由を獲得し、多様な生き方を享受できるようになった。その分、人は生きやすくなったが、同時に、人間同士のたいせつな紐帯《ちゆうたい》も失った。

戯曲作家として出発した池波さんが、やがて小説を書きはじめたのは、長谷川師の懇切な勧めがあってのことだった。けっかとして、池波さんは戯曲、小説の両分野で才能の花をひらかせることとなる。池波さんが、出入りする若い編集者たちに、すすんで自分の体験を語り、生き方めいたことをサジェッションしようとしたのは、長谷川伸のさまざまな助言が、みずからの前途をきりひらくうえで、大きな力となったことを実感していたからであったろう。

結婚したのは、二十七歳の夏である。豊子夫人との新婚生活は駒込の六畳一間の棟割長屋からはじまった。戯曲『鈍牛』が新国劇で処女上演されたのは翌年の夏で、しばらく新国劇の戯曲を書きつづけた後、三十一歳のときから、小説を書きはじめ、翌年に勤めをやめた。文筆一本でやっていける目処《めど》が立ったからとおもわれる。

池波さんの作品に『さむらいの巣』というのがあるが、実生活でも家族や家庭をたいせつにした人だった。かつて、自己も家庭も破壊して、頽廃の美を追求した無頼派とよばれる作家たちがいた。現在は作家もさまがわりして、一般サラリーマンとかわらない生活・心情の人が多くなったが、それでも作家によっては、大なり小なり、心底にデカダン的なものを潜ませている。

その点、池波さんは正真正銘、デカダンとは無縁だった。おのれの健康な心身、しっかりした家族・家庭が背後にあってこそ、作家は責任ある仕事を世に問うことができる、と確信していた。

〔いまのところ、われら人間には、まだ〔巣〕が必要であり、その〔巣〕の中には家族がいなくてはならぬ。そして、その家族たちが、いつも生気にあふれていて、はたらき手の主人を助けなくてはならぬ。それでなくては、人間の巣の存在は意味をなさない。〕(『私が生まれた日』)

〔男が仕事に打ち込むためには、まず、家を治めなきゃ駄目なんだ。つまり女を治めること。これが第一条件。」(『新 私の歳月』)

一見、亭主関白宣言のようだが、それほど単純なものではない。

〔自分一人だけ、わがまま勝手なことを言って威張りちらすというのは、亭主関白でもなんでもない。ただ自分本位なだけですよ。」(『男の作法』)

池波夫妻には子がなく、長いあいだ実母と三人の暮らしだった。嫁姑の問題は、当然、池波家にもあった。池波さんの家の治め方は、実母と奥さんの両方にきびしくあたり、自分一人が悪者になることにあった。絶対に〔えこひいき〕はしない。奥さんを叱った翌日には、なにかの口実をみつけて母を叱る。奥さんを張りとばせば、母にはコップを投げつける。そうすることで嫁姑の〔共同の敵〕になる。自分が共同の敵になることで、嫁姑のあいだの波風が治まる。まさに池波さんが人間通とよばれるゆえんである。

◆気学へのこだわり

家内を治めるためには、奥さんの実家にたいしても気をつかわねばならない。たとえば、旅行にいくときには、さりげなく義母も誘ってつれていく。世にいう亭主関白とは似て非なる気のつかいようだ。

だから、家長としての自分の健康には、ことのほか細心だった。まず、食事に気をつかうし、痛風その他に悩まされた四十代以降は、精密検査もうけたし、鍼《はり》もうった。晩年には、気学にも凝った。

この気学については、いささか閉口させられた。

「調子はどう?」

「よくありません」

とでもこたえようものなら、たちまち気学占いがはじまる。

「うむ、ことしは衰運だねえ。盛運にむかうには二年はかかるな。いまは身を慎んで二年さきにそなえることだ」

大まじめに、ご託宣が下る。善意からしてくださることだけに、わらいとばすわけにもいかず、ありがたく拝承することになる。自分が推す直木賞候補作家のために、選考日の前夜、わざわざ方違《かたたがえ》してホテルに泊り、選考会場にでかけたようなこともあったらしい。むろん、ご自身や家族の健康、旅立ちの吉凶なども気学で占った。

「生年月日を基準にしていろんなことを占う運勢術というものがあるでしょう。あいうものは、その人間の持って生まれた根本的な運勢を見るもので、つねに百パーセントその通りになると断定するわけじゃない。生年月日の同じ人がみんな同じ運命で同じような人生を歩むなんていうことはないわけだからね。」

〔天中殺のことをばかに信用しているように見えるけど、そういうことではなくて、危ないと思ったら避けたほうがいい。避けることによって自分の欠点というものも直ってくるわけだ。だから、人生の薬味ですよ。占いとか手相、人相などは。手相や人相というのは薬味どころじゃない。ある程度確実性がある。その道の名人が見ればね。」（『男の作法』）

どうやら、科学を万能とする現代の風潮にたいする、ささやかなアンチテーゼでもあったようだ。それにしても、薬味というには、いささか熱が入りすぎていたようにもおもわれるのだが、けっきょくは、

〔自分の所業の矛盾は、理屈では解決できぬものだ。」（『梅安蟻地獄』）

ということにでもなるのだろうか。

気学のことを書くとき、ついこのような軽口調になってしまうのだが、池波さんが亡くなられた一九九〇（平成二）年の春は、ご自身の気学の占いでは衰運とでていた。その時期を慎重にやりすごせば、やがて盛運にむかうことになっていた。本来なら、仕事量もおさえて衰運の乗りきりをはかるはずの池波さんが、このときだ

けはどうしたことか、休載していた『鬼平犯科帳』ほかの連載を前年の暮れから復活した。避けたほうがいいとわかっていながら、あえて仕事にうちこんでいった池波さんの心情は、どのようなものだったのだろうか。わたしたちには測り知れぬ作家の内なる葛藤をおもうとき、慄然たらざるをえない。

◆うわべを飾らぬ質素な暮らし

池波家は品川区荏原にある。近くには銭湯や町工場、さまざまな品を商う小売店が軒をつらねており、入りくんだ小路をぬけて玄関さきにたどりつく。どこか生家の下町に似通った雰囲気をただよわせた一隅だ。家宅は三十坪の敷地に鉄筋の三階建て。建て替えたのは四十六歳のときで、すでに人気シリーズの『鬼平犯科帳』もはじまっており、堂々たる流行作家となっていた。いうところの高級住宅街に新しい屋敷を構えようとおもえば、難なく実現できたはずだ。

しかし、池波さんはそうしなかった。

「やっぱり、この地に建て替えることにきめたよ」

「それはいい。池波さんには、この町の風景がいちばん似合いますよ」

わたしは生意気な口をきいたものだが、池波さんが、この地にとどまった最大の理由は、この町にふかい愛着をもつ家族が、これからさきも近所の人たちと交流をつづけていきたいとねがったからである。そのねがいを無視して移転すると、家庭生活にさまざまな影響がでる、と判断した。また、金のかかったいい家を建てると、人の性格も仕事も変わってくる場合がある。大邸宅に住むとなれば当然、大邸宅にふさわしい暮らしをしなければならず、そうすると、自分のばあい、書くものの中に江戸時代の八百屋とか魚屋とか庶民がいっぱい出てくるが、その庶民感覚がだんだん薄れてくる心配がある、といった感想ももらしている。いかにも池波さんらしいかんがえ方である。

ところで、鉄筋三階建てといえば豪邸をイメージする人も多いかもしれないが、内実は質素なものだ。家具、調度のたぐいもすくなく、骨董などほとんどみあたらない。ここにも最小限必要な物以外は身辺におかない、という池波さんの信条が徹底している。

晩年、おりにふれて池波さんはいったものだ。

「男はね、いつ死んでも、あとの者が困らないようにしておかなくてはいけないよ」

単に経済的なことだけでなく、身辺をきれいにし、問題を後にのこしてはいけないということだったろう。じじつ、池波さんはおもいもかけぬ六十七歳の若さで急逝されたが、その後の池波家は磐石である。亡夫と同様に大げさをきらい、質素に暮らすことを旨とされている豊子夫人は、愛猫とともにしずかな老後をすごされている。

〔いずれは、お前と死に別れをせねばならぬ。たとえ、それが二十年先のこととしても、まことに、あっという間のことよ。〕(『鬼平犯科帳』)

池波さんが亡くなられた後、豊子夫人からおききしたことだが、池波さんはつねづね夫人に、自分が死んでも、

「あとから、ゆっくりくるといいよ」

といっていたという。

「では、すこしばかりゆっくりさせていただきます」

逆らわずに、夫人はこたえたものだという。

なんとみごとな会話だろう。

◆ほんものの情愛と優しさ

友人からの伝聞だが、池波さんは、あいてに好意をつたえるには、ことばや物が

必要だ、とおっしゃっていたらしい。

わたしなど愚かにも、好意はひそかにこころに抱いておれば、おのずからあいてにつたわるものと信じていた。げんに以心伝心という謂《いい》があるではないか、というのは少年時代からの信仰のようなもので、好意や愛情は、あからさまにことばにし、いわんや物を贈ったりすれば、とたんに不純なものになってしまうとおもっていた。池波さんのことばの意味がわかるようになったのは、ようやく近ごろになってのことだ。だれにも増して情の人だった池波さんの口からでたことばだけに、しみじみ得心できるのである。

日常、池波さんはかならずしも多弁の人ではなかった。ことに晩年、歯の嚙みあわせがわるくなり、口跡のわるさを自覚されるようになってからは、ますます口かずがすくなくなり、テレビ出演や講演にでるのも億劫《おっくう》がられたものだが、親しい者から頼まれれば、いたしかたなく応諾された。

パーティなども、あまりお好きではなかった。人波をかきわけて、だれかれに積極的に声をかけてまわるすがたなどみたことがない。会場の一隅で、挨拶にあつまってきた人たちと、しずかに談笑されているのがつねだった。もっとも、売れっ子作家だけに、いつも多くの人にとりかこまれ、身うごきならぬというのが実態ではあったけれど……。

ときに代表挨拶をさせられることがある。そんなときも、世の慣行を無視して、必要以外のことばは、いっさい口にしなかった。ある授賞式パーティでのこと。挨拶の時間が近づいたとき、たまたま、わたしと話しておられた。

「そろそろですよ」

わたしは気が気ではない。

「いいんだ。挨拶は一分ですますよ」

池波さんはこともなげにいい、名をよばれるまで悠然と話をつづけられた。

いざ壇上に立つと、まさしく一分そこそこで挨拶はおわった。簡にして要をえた挨拶ではあったけれども、会場は一瞬あっけにとられたようにしんとしずまり、一拍おいてから盛大に拍手が沸き起こった。贅語《ぜいご》をついやさぬ池波さんの挨拶は、その後、文壇の定評になった。

パーティといえば、わすれられない思い出がある。わたしが勤めていた雑誌社が倒産した。たまたま体調をくずしており、また自分が他社から勧誘した友人たちも失職したことではあり、自分だけ就職運動をするのもはばかられて、わたしは田舎にひきこもった。しばらくして、直木賞をとった古いつきあいの作家から、授賞式にぜひ顔をだすようにと電話があった。とんぼ返りするつもりで、わたしは上京した。

さて、会場で挨拶をすまして片隅で酒をなめていると、めざとくわたしをみつけた池波さんが足ばやに近づいてきて、

「どうしてる？」

優しく声をかけてくれた。

「はあ、まあなんとか……」

わたしは曖昧にこたえるしかなかった。

どんな話をしたか、ほとんどおぼえていないが、そのとき池波さんは最後まで、失業者のわたしのそばからはなれなかった。

――ああ、この人の優しさはほんものだな。

どれだけ、うれしく感じたことか。

〔人間の真価というのはわからないんだよ。なかなか。土壇場になると思いがけないその人の性格が出てくる。土壇場にならないと、わからない。いざというときになってはじめてわかるものだ。人間の真価というのは。〕（『男の系譜』）

◆男の中身は顔にあらわれる

その後、作家仲間をさそって、いきつけの料亭で、〝励ます会〟のようなものをひらいてくれたのも池波さんだった。まさに、好意をかたちで示してくだすったのだ。

むろん、わたしは一言も就職依頼など口にしない。池波さんの好意だけで充分だった。で、家にとじこもって断食などしていた。五欲中最大の食欲を克服すれば、もの欲しげな顔をしなくてすむだろうとのおもいからだった。そのうち、あいつは餓死をはかっているらしい、とのうわさなどながれ、おもわぬところから救いの手がのびて、わたしは新聞社に再就職がかなった。

「よかった、よかった」

わがことのように池波さんは喜び、いくつかの企画をプレゼントしてくれた。そのなかに「三島由紀夫と組んだ剣道写真集はどうだろう」というのがあった。詳細はおぼえていないが、両者合わせれば剣道何段かになる。二人が真剣で立ち合うさまを写真にとり、三島が剣道の美学、自分がその歴史を書くというのが企画の趣旨だったように記憶する。

ギリシャ的肉体にあくなき憧れを抱く三島が、剣道やボディビルで鍛えた自分の肉体を誇らしげに雑誌グラビアなどに披露しているようすは、わたしも知っていた。天才的ロマン作家、行間にきらめくアフォリズム――。『金閣寺』を頂点とする三島の作品群は、燦然《さんぜん》たる輝きをもって当時の文学界に君臨し、ノーベル賞候補にも擬されていた。ただ『憂国』を発表したあたりから日本主義への傾斜が顕著で、わたしはいささか辟易するところがあった。で、積極的に企画化する気になれぬうちに、三島は楯の会をひきいて自衛隊市ヶ谷駐屯地で割腹自殺してしまった。

ことさらに肉体美を誇示する嗜好は池波さんにはなかったろう。が、顔については一家言があった。

〔顔というものは変わりますよ。だいたい若いうちからいい顔というものはない。男の顔をいい顔に変えて行くということが男をみがくことなんだよ。〕（『男の作法』）

いうなれば、〝顔は男の紋章〟といった美意識が池波さんにはあったようだ。顔にはその人間の中身がいやおうなしに写しだされる。たしかに、池波さん自身、四十代に入ってからの顔は、全体がふっくらと豊かになり、自信に満ちた内面の輝きを、偽りなく写しだすみごとな器になった。

「いいお顔ですね」

人にもいわれ、ご自身もそうおもうところがあったらしい。

おのれのこころをみつめる人は、顔、表情にもこだわるものかもしれない。驕りがでていないか、卑しさがあらわれていないか……。

ひいては、それが人を評価し、あいての心情を察する目安ともなる。

〔概して人間というものは、すべてのことを正直に胸の中をいう人はほとんどいないんだからね。上に立てば立つほど、それは相手の目の動きで察しないといけないわけだよ。〕(『新　私の歳月』)

このようなことばは、いまはやりのリーダーの心得としても現実に役立つものかもしれない。つけ加えるならば、他人をみるより、まず自分のこころを凝視することもたいせつだ。

〔人のこころの奥底には、おのれでさえわからぬ魔物が棲んでいるものだ。〕(『鬼平犯科帳』)

〔人が人のこころを読むことはむずかしいものじゃ。ましてや、この天地の摂理を見きわめることなぞ、なまなかの人間にはできぬことよ。なれど、できぬながらも、人とはそうしたものじゃと、いつも、わがこころをつつしんでいるだけでも、世の中はましになるものさ。」(『剣客商売』)

◆曇りなき目で世相を見ぬく

じつは、本書に一文をよせるようお話があったとき、わたしは辞退した。もっと、ふさわしい筆者に頼んだらどうかと。もう、池波さんについては書くべきことは書きつくしたとのおもいが、わたしにはつよい。このうえ書けば、過去に書いたものと重複せざるをえないし、この種の文章の性質上、どうしても〝わたしは〟〝わたしが〟といった書き方が多くなるのは、まことに見苦しい。

それに、いかに優れたことばも、それは作品の前後の脈絡のなかで読まれてこそ意味がある。ましてや池波作品は、全編、具体的な描写でつらぬかれ、観念的な理屈を捨象したところに作品世界が成り立っている。作家のメッセージは昇華された会話や、肌理《きめ》こまかな描写の行間に隠し縫いされており、そこに池波作品の味わいがある、とわたしはおもっている。

しかし、わたしはけっきょく、こうして書いている。

編集部からわたされた原稿を読みながら、そう頑なになることもないのではないか、とおもいなおしたからだ。

おもいかえせば、最初にお会いしたときから、池波さんは年下のわたしに、さまざまの助言をしてくだすった。それに池波さんには『男の作法』『男の系譜』といったエッセイがあり、そこからぬきだされたことばが、本書の中核を形成している。

これらのエッセイは池波さんの晩年に近い一時期、ふかい友情でむすばれた佐藤隆介さんが、親しく対談して編集した〝語り下ろし〟ともいうべき作品で、佐藤さんのきき上手もあって、日ごろは口かずすくなく、小説の背後に身を隠している池波さんが、めずらしく活き活きと、生の声で語った読者へのメッセージ集といえる。いかにも池波さんらしい直截な語り口が、じつに清々しい。

「いまの時代はねえ……」

わたしとの束の間の談笑のなかでも、池波さんはしばしば現代政治や社会のありようにたいする感想や批判をのべたものだ。

それは、おおむね自然の摂理に反した、暴力的ともいえる開発オンリーの施策にたいする反発だった。利得や効率性のもとに、都市のみならず山野までが無残に破壊され、道路からは軌道電車がきえ、自家用車がわがもの顔に排気ガスをまきちらしてはしりまわる。都市景観の消失とともに、古い地名、町名が味気ない記号のような名に変えられることにも、ふかい憤りを示された。

〔東京の若者は、外国のオペラを好んでも歌舞伎を観ていて居眠りをする時代となった（むろん、すべての若者がそうではない）のだから、町名のいわれなどは、どうでもよいのだろう。地方から出て来て、東京には何の愛着もない政治家や役人と、その関係者がすることだから、どうにもならない。〕（『江戸切絵図散歩』）

〔むかしのメールヘンは、大自然の運行と、はかり知れないちからに対する畏敬の念を子供たちに植えつけようとしたものだが、人間が生み出した科学の不遜は自然の恩恵をむさぼりつくし、恐れげもなく地球を汚染しはじめた。もはや、手遅れなのだろうか。大自然の裁きを待つよりほかに、仕方がないのだろうか……。〕（『池波正太郎のフィルム人生』）

〔いたずらに古いものをなつかしみ、それを追いもとめているようにおもわれようが、それでは、新しいものは何かというと、それは、だれもが知りつくしている味気ないものなのである。その味気ない新しいものしか知らぬ世代のみの時代がやって来たときは、味気もない世の中になることは必定なのであって、そうした世の中に慣れきった人びとは、味気なさをも感じることなく、さらにまた、新しい時代を迎えることになるのだ。そのころは、むろん、私どもは生きていない。〕（『散歩のとき何か食べたくなって』）

エッセイを丹念に読んでいけば、こうした池波さんの現代日本にたいする感想や意見が随所にのべられている。しかし、小説しか読まない読者には、ストーリーのおもしろさに気をとられ、みおとしてしまいがちだ。その点では、このような本が出版されるのも意義があるのかもしれない。

◆言行一致のみごとな人生

池波さんの作品は、従来の時代小説ファンだけでなく、じつに広範に、意外ともいえる人たちのこころを魅きつけた。堀秀彦さんもその一人で、亡くなるまえには、ずっと池波作品を読んでおられた。辛辣さで鳴らした老哲学者が眼を細めて、

「池波正太郎はいいねえ」

文句なしの賛辞をのべられるのをきいてうれしくなり、

「どこがそんなに気に入ったのですか」

とたずねると、

「まず、ばかげた死が描かれていない」

と言下におっしゃった。

大衆小説では、ストーリーをおもしろくするために、いたずらに人を殺すばあい

が多い。しかし、池波作品は、どんな無名の人物、泥棒のようなアウトローでも意味もなく殺すようなことはない。それぞれの死に確たるレアリティがあった。

人間にとって死とはなにか——。死ぬ直前まで哲学的命題としてかんがえつづけた堀さんにとって、池波さんの、死は死として潔く受容し、その覚悟のうえに、いかに生きるかをかんがえようとする創作姿勢につよく魅かれるものがあったのだろう。

池波作品は、つねに死にむかって緊迫し、凝縮されていく構成をとり、そこに展開されるドラマは、すべて死の一点にむかって回転を早めていくターン・テーブルの上にセットされている。それだけに、いずれの作品を読んでも、ハイライトともいうべき最後の死の場面は、まことにみごとで感動的である。

昭和六十三年、六十五歳の秋、池波さんは朝日新聞に、つぎのような感懐をよせている。

〔いずれにせよ、六十歳をこえれば、最期のときがせまっている。むろんのことに、これだけは体験したことがないわけだから、大いに不安であり、恐怖を感じるが、自分が、どんな最期をとげるか、それを、いよいよ見とどけるという興味と好奇心がないでもない。〕

このとき、二年後にせまった自分の死を、池波さんが予感されていたかどうかは知るべくもない。

わたしが最後にお会いしたのは入院の三月まえだったが、

「くたびれちゃったよ」

ことばのとおり、池波さんはステッキにすがってあるくのもつらそうだった。

このときすでに、病魔はふかく池波さんを蝕んでいたのだ。それでも執筆のペンがもてなくなるまで、池波さんは書きつづけ、約束の仕事をすべて書きおえてから入院されたのだった。それからの闘病のようすについては、痛ましすぎて、とても書く気になれない。生涯、死をテーマに書きつづけた作家にふさわしい最期のすがただった、とだけ書いておこう。見舞いにいくたびに、

——いままさに、池波さんは自分の死とむきあい、戦っておられるのだ。

胸しめつけられるおもいで、ただ死の床の作家をみまもるしかなかった。

亡くなったのは平成二年五月三日。葬儀は、できるだけ質素にという作家の遺志にそっておこなわれた。いまは西浅草西光寺の池波家の墓所にしずかに眠っておられる。いかにも池波さんらしい、つつましやかな墓碑である。

まさに言行一致の人生だった。つらつらおもんみるに、この世は理屈のための理

屈、実体のともなわぬことばが氾濫している。恥もなく、その場かぎりのことばを吐き散らす人たちの一大ファッションショーの観さえなくもない。
池波さんは、実生活でも作品上でも、わが身にそわぬ意匠を凝らすことは、いっさいなかった。
〔いくら気どった理論や理屈をふりかざしても、しょせん、人間は動物なんだから、物を食べる、眠る、男と女の営みをする、これが人間の基本ですからね。〕(『男の系譜』)
と読者に語りかけつづけた。
〔生きものの営みとは、何と矛盾をふくんでいることだろう。生きるために食べ、眠り、食べつつ生きて、確実に、これは本当の死を迎える日へ近づいてゆく。おもしろくて、はかないことではある。それでいて人間の躰は、たとえ、一椀の味噌汁を味わっただけで、生き甲斐をおぼえるようにできている。何と、ありがたいことだろう。〕(『私の仕事』)
このようなことばを読んで、ほっと救われた気分になる読者も多いのではなかろうか。
自然の摂理に反してみずからの足もとを破壊し、不相応の贅沢に酔って空さわぎした泡《バブル》のごとき狂乱の季節は去った。まさにいま、池波さんが危惧し、警告しつづけた破綻のときが現出している。わたしたちは、いまこそ池波さんのいう一椀の味噌汁の味のありがたさに気づくべきときではなかろうか。

一見、賢《さか》しらげな理屈や、華やかなことばは、時のうつろいとともに、はかなく消え失せる。しかし、あくまで動物としての人間の生理の上に立ち、みずから実感したことだけを、一心に鑿《のみ》をふるう職人のごとき堅実さで作品に刻みこんだ池波正太郎のことばは、わたしたちのこころから容易に消え去ることはないだろう。

『真田太平記』の一節に、こうある。

〔世の行く末が、わかったつもりになるのは、いかにも浅ましいことだ。〕

《出典一覧》

●エッセイ（五十音順）

『味と映画の歳時記』　新潮社
『池波正太郎の銀座日記』　新潮社
『池波正太郎の春夏秋冬』　文藝春秋
『池波正太郎のフィルム人生』　新潮社
『男の系譜』　新潮社
『男の作法』　新潮社
『男のリズム』　角川書店
『散歩のとき何か食べたくなって』　新潮社
『小説の散歩みち』　朝日新聞社
『食卓の情景』　新潮社
『食卓のつぶやき』　朝日新聞社
『新　私の歳月』　講談社
『戦国と幕末』　角川書店

『日曜日の万年筆』　新潮社
『梅安料理ごよみ』　講談社
『むかしの味』　新潮社
『夜明けのブランデー』　文藝春秋
『私が生まれた日』　朝日新聞社
『私の歳月』　講談社
『私の仕事』　朝日新聞社

●小説（五十音順）
『英雄にっぽん』　角川書店
『おとこの秘図』上巻・中巻・下巻　新潮社
『鬼平犯科帳』第一巻〜第二十二巻　文藝春秋
『おれの足音』上巻・下巻　文藝春秋
『霧に消えた影』　PHP研究所
『黒幕』　新潮社
『剣客群像』　文藝春秋

『剣客商売』第一巻〜第十六巻　新潮社
『剣法一羽流』　講談社
『近藤勇白書』　角川書店
『西郷隆盛』　角川書店
『真田騒動』　新潮社
『真田太平記』第一巻〜第十二巻　新潮社
『さむらい劇場』　新潮社
『さむらいの巣』　ＰＨＰ研究所
『忍びの女』上巻・下巻　講談社
『上意討ち』　新潮社
『スパイ武士道』　集英社
『戦国幻想曲』　角川書店
『その男』第一巻〜第三巻　文藝春秋
『乳房』　文藝春秋
『にっぽん怪盗伝』　角川書店
『忍者群像』　文藝春秋

『抜討ち半九郎』　講談社
『信長と秀吉と家康』　ＰＨＰ研究所
『梅安蟻地獄』　講談社
『梅安乱れ雲』　講談社
『幕末新選組』　文藝春秋
『人斬り半次郎』幕末編、賊将編　角川書店
『卜伝最後の旅』　角川書店
『炎の武士』　角川書店
『堀部安兵衛』上巻・下巻　角川書店
『まんぞく まんぞく』　新潮社
『闇の狩人』上巻・下巻　新潮社
『若き獅子』　講談社

この作品は、一九九八年十月にＰＨＰ研究所より刊行された。

著者紹介
池波正太郎（いけなみ　しょうたろう）
大正12年（1923）、東京に生まれる。昭和30年、東京都職員を退職し、作家生活に入る。新国劇の舞台で多くの戯曲を発表し、昭和35年、第43回直木賞を「錯乱」によって受賞。昭和52年、第11回吉川英治文学賞を「鬼平犯科帳」その他により受賞する。昭和63年、第36回菊池寛賞受賞。作品に「剣客商売」「その男」「真田太平記」〝必殺仕掛人〟シリーズなど多数。平成2年5月3日逝去。

PHP文芸文庫　おもしろくて、ありがたい

2005年7月19日　第1版第1刷
2023年3月1日　第1版第10刷

著者　池波正太郎
発行者　永田貴之
発行所　株式会社PHP研究所
東京本部　〒135-8137 江東区豊洲5-6-52
文化事業部　☎03-3520-9620（編集）
普及部　☎03-3520-9630（販売）
京都本部　〒601-8411 京都市南区西九条北ノ内町11
PHP INTERFACE　https://www.php.co.jp/
組版　株式会社PHPエディターズ・グループ
印刷所　図書印刷株式会社
製本所　東京美術紙工協業組合

ISBN978-4-569-66423-1

PHP文芸文庫

霧に消えた影

池波正太郎傑作歴史短編集

池波正太郎 著／八尋舜右 解説

関ヶ原の間諜・蜂谷与助、妻を売る寵臣・牧野成貞、他8編。自らの歴史観・人間観をまじえ、歴史に「影」だけを残して消えていった人物を描く。珠玉の歴史エッセイ。

PHP文芸文庫

信長と秀吉と家康

池波正太郎 著／縄田一男 解説

天下取り三代の歴史を等身大の視点で活写するとともに、人間とその人間の営みが作り出してきた歴史の意味を見事に語る名篇。池波作品・幻の長篇、待望の文庫化。

PHP文芸文庫

さむらいの巣

池波正太郎 著／八尋舜右 解説

故・池波正太郎の文庫初収録作品を集めたオリジナル版。味のある短・中編小説、歴史紀行とエッセイ、およびインタビューで構成。池波ファン、歴史ファン垂涎の一冊。

PHP文芸文庫

人間というもの

司馬遼太郎 著

人の世とは何か。人間とは、日本人とは——国民作家・司馬遼太郎が遺した珠玉の言葉の数々。心を打つ箴言と出会えるファン垂涎の一冊。

PHP文芸文庫

戦国の忍び

司馬遼太郎・傑作短篇選

司馬遼太郎 著

戦国大名がしのぎを削る乱世の裏側で、忍びの者たちは過酷な闘いを繰り広げていた。国民作家・司馬遼太郎が描く忍者短篇小説の傑作選！

PHP文芸文庫

戦国の女たち

司馬遼太郎・傑作短篇選

司馬遼太郎 著

北政所や細川ガラシャら歴史に名を残した女性から歴史に埋もれた女性まで……司馬遼太郎は戦国の女たちをどう描いたか。珠玉の短篇小説集。

PHP文芸文庫

〈完本〉初ものがたり

宮部みゆき 著

岡っ引き・茂七親分が、季節を彩る「初もの」が絡んだ難事件に挑む江戸人情捕物話。文庫未収録の三篇にイラスト多数を添えた完全版。

PHP文芸文庫

第140回 直木賞受賞作

利休にたずねよ

山本兼一 著

おのれの美学だけで秀吉に対峙し天下一の茶頭に昇り詰めた男・千利休。その艶やかな人生を生み出した恋、そして死の謎に迫る衝撃作。